누가 나를
죽였을까?

누가 나를 죽였을까?

방진하 지음

주니어김영사

소년 시절을 갖는다는 것은
하나의 삶을 살기 전에
무수한 삶을 산다는 것을 말한다.

– 라이너 마리아 릴케

소년, 다시 피어나다

"거기 오만상 찌그러뜨린 너, 이리 좀 와 봐라."

강을 건널 사람은 많은데 강나루에는 코딱지만 한 나룻배 한 척뿐이었다. 뱃사공이 열심히 사람들을 실어 날랐지만 이래서야 어느 세월에 배를 탈지 알 수 없었다. 소년은 순번을 기다리는 사람들의 행렬 밖으로 고개를 내밀었다.

앞으로도 한참, 뒤로도 한참이었다.

'멍청한 뱃사공 같으니. 이렇게 이용하는 사람이 많으면 나무로 된 선창을 큰 부두로 바꾸고, 나룻배도 여러 척 구비해 두면 좋았잖아.'

소년은 속으로 툴툴거렸다. 바로 등 뒤에 서 있는 어르신들이 낡은 나루터가 운치 있다고 자기들끼리 수군거리는 소리는 소년의 짜증을 부채질할 뿐이었다.

누군가 소년을 부른 것은 바로 그때였다.

"저요?"

소년이 돌아보니 행렬 밖에서 웬 노인이 소년에게 손을 흔들고 있었다. 머리부터 발끝까지 온통 새하얀 노인이었다. 눈썹과 수염을 길게 길러서 얼굴을 알아보기 힘들었지만 소년이 아는 사람은 분명 아니었다.

"그럼 얼굴 구기고 있는 놈이 너 말고 또 누가 있냐? 잠깐 일 좀 도와다오."

"저 곧 배 타야 하는데요?"

노인은 소년의 말은 들은 척도 하지 않고 뒷짐을 진 채 꽃이 핀 들판으로 성큼성큼 걸어 들어갔다. 그 품새가 묘하게 박력이 있어 소년은 자신도 모르게 노인의 뒤를 따랐다.

"대체 무슨 일인데요? 할아버지는 배 안 타세요?"

노인은 대답 대신 들판 한가운데에 우뚝 서더니 들고 있던 쟁기 같은 것으로 땅을 쿵 찍었다.

"잠깐 이것 좀 잡고 있거라."

노인이 가리킨 것은 시든 꽃이었다. 오색 꽃이 만발한 이 들판에서 유일하게 그것만 갈색으로 말라 있었다. 어째서 이 꽃만 죽어 버린 걸까? 그런 의문도 잠시, 소년은 노인이 왜 자기더러 이 꽃을 잡고 있으라고 했는지를 생각했다.

뽑으라는 뜻일까? 눈치상 그게 맞는 것 같아서 소년이 한 손으로 꽃을 움켜쥐었다. 그때였다. 노인이 솥뚜껑 같은 손으로 소년의 뒤통수를 후려쳤다.

"이놈아! 그렇게 막 잡았다가 뽑히기라도 하면 어쩌려고! 뽑으면 큰일 난다, 이놈아! 양손으로 안 듯이 살포시 잡거라!"

겉보기와는 다르게 노인이 어찌나 기운이 센지 얻어맞은 뒤통수가 마구 시큰거렸다. 시키는 대로 안 하면 또 맞을 것 같아서 소년은 재빨리 꽃을 붙잡아 안았다.

"옳지, 아주 잘하고 있어. 꽃이란 건 이렇게 사랑으로 보듬어야 제대로 피어나는 것이지. 너 이게 얼마나 중요한 일인지 모르지?"

'다 말라빠진 꽃 나부랭이가 어찌 되든 무슨 상관인데요?'

소년은 목구멍까지 치밀어 올라온 말을 꾹 삼켰다. 아무래도 정신이 이상한 노인네에게 잘못 걸린 모양이었다. 기회를 봐서 도망치는 게 나을 듯 싶었다. 그러나 노인은 소년의 마음속을 환히 들여다보고 있기라도 한 것처럼 소년에게서 눈을 떼지 않았다.

엉거주춤 꽃을 잡고 앉아 있으려니 다리도 저리고 허리도 아팠다. 무엇보다 배를 탈 차례가 돌아오고 있었다. 소년은 자신 앞에 서 있었던 다리 굵은 아줌마가 어느새 나루터 코앞까지 와 있는 것을 보고 발을 동동 굴렀다.

"저기요, 언제까지 이러고 있어야 해요?"

"언제까지긴. 그 꽃이 되살아날 때까지야."

덤덤한 노인의 말에 소년은 펄쩍 뛰었다.

"다 죽은 꽃이 어떻게 되살아나요? 영원히 이러고 있으란 말이에요? 곧 제가 배를 탈 차례라고요! 할아버지 때문에 배를 못 타면 책임지실 거예요?"

"고놈, 급한 성질 때문에 여기까지 오고서도 그 성질을 못 버렸네. 저쪽에 뭐가 있는지는 알고 가려는 거냐?"

"그야……."

말문이 막혔다. 그러고 보니 소년은 저 너머에 무엇이 있는지 알지 못했다. 왠지 가야 할 것 같은 기분이 들어서 남들처럼 가고 있었던 것이다.

"뭐가 있는데요?"

"하여간 요즘 들어 너 같은 놈들이 부쩍 늘어서 아주 골치가 아파 죽겠다. 가야 할 사람을 보낼 줄도 알아야 하는데 통 그러지들 않아, 쯧쯧……."

노인은 소년의 질문에는 대답하지 않고 혀만 끌끌 찼다. 소년은 노인이 하는 말들을 이해할 수 없었다.

다리 굵은 아줌마는 이제 나룻배에 오르고 있었다. 소년은 더 이상 머무를 시간이 없었다. 노인이 뭐라고 하든 말든 꽃을 내버리고 달려야 한다.

노인이 먼 곳으로 시선을 잠시 옮기는 순간, 소년은 잡고 있던 꽃을 놓았다. 아니, 놓으려고 했다.

"어?"

이파리의 감촉에 소년은 깜짝 놀라 꽃을 내려다보았다. 바싹 말라 있던 이파리에 촉촉하게 물기가 올라 있었다. 이파리는 갈색에서 카키색으로, 곧이어 초록으로 변했다. 고개를 숙이고 있던 꽃망울도 천천히 고개를 들었다.

이제 그 꽃은 더 이상 말라 시들은 꽃이 아니었다. 꽃이 시드는 동영상을 빠르게 거꾸로 돌린다면 이런 모습이 아닐까? 어느새 소년의 손 안에서 꽃이 활짝 피어 있었다.

"옳거니! 피는구나, 피어!"

하얀 노인은 어깨춤을 덩실덩실 추었다.

'저 노망난 할아버지 말대로 꽃이 살아나다니! 내가 꿈이라도 꾸는 건가?'

소년은 눈을 비비고 다시 꽃을 보았다. 그러나 꽃은 틀림없이 싱싱하게 피어 있었다.

소년이 영문을 알 수 없어서 눈만 멀뚱히 뜨고 있자 노인이 소년의 목덜미를 잡고 일으켰다.

"아직도 모르겠냐? 이 꽃이 너야."

노인은 빙그레 웃고 있었다.

"그게 무슨 말이죠?"

"멍청한 표정은 집어치우고 돌아가면 이번에는 제대로 살거라. 당분간 나를 만나러 오지 않길 바란다. 자, 너를 부르고들 있으니 이제 그만 가 봐."

질문을 할 틈도 없이 노인이 소년을 확 밀어 버렸다. 머리가 땅에 부딪친다 싶더니 어느새 소년은 바닥을 가늠할 수 없는 깊은 곳으로 떨어지고 있었다. 아니, 땅바닥이 아니라 하늘로 떨어지고 있었다.

"할아버지!"

소년은 자신을 올려다보며 웃고 있는 노인을 향해 손을 쭉 뻗었다. 그러나 노인은 삽시간에 아득히 멀리 사라졌다.

"할아버지! 할아버지!"

꽃밭 전체가 내려다보이는 하늘로 빨려들면서 소년은 목이 터져라 외쳤다. 무시무시한 속도로 꽃밭이 사라지고 소년의 시야를 온통 부연 구름이 가렸을 때, 그 외침은 가느다란 쉰 목소리로 바뀌었다.

"……지!"

마치 당장이라도 숨이 넘어갈 것 같은 목소리여서 소년은 그것이 자신의 목소리라는 것을 바로 깨닫지 못했다. 자세히 보니 구름이라고 생각했던 것은 눈앞을 가로막고 있는 희부연 유리였다. 입과 코에는 투명한 관이 들어와 있었고 거기에서 쌕쌕 거리며 서늘한 공기가 새어 나왔다.

처음 소년이 느낀 것은 지독한 통증이었다. 너무 아파서 토할 것 같았다. 자신이 자고 있을 때 누군가 배에 칼을 찔렀다고 해도 이상하지 않을 정도였다.

대체 어떻게 된 걸까? 여긴 어디일까? 소년이 눈을 뜨려고 애쓰고 있을 때 옆에서 누군가가 소리쳤다.

"선생님, 환자가 깨어났어요!"

부연 유리 너머로 누군가 얼굴을 불쑥 들이밀었다.

"정신이 듭니까?"

얼굴을 본 순간 소년은 심장이 철렁 내려앉았다. 끔찍하고 무서웠다! 괴물이다! 온통 파랗고 여기저기 일그러진 흉측한 괴물이 소년에게 말을 걸었다.

'이건 대체 뭐야? 여긴 어디지? 그 할아버지는 어디로 갔지? 꽃밭은? 강은? 배는? 날 여기서 내보내 줘!'

소년은 충격과 공포에 휩싸인 채 울부짖었다.

"소생 쇼크입니다!"

"진정제!"

다시 괴물의 목소리가 들렸고, 곧 모든 것이 캄캄해졌다.

눈을 떠 보니 침대 위였다.

머리 위에는 하얀 천장이 있었고, 소독약 냄새와 조그맣게 삑삑거리는 기계음이 코와 귀를 간질였다.

"정신이 들어요?"

낯선 목소리에 소년은 눈동자를 굴려 옆을 바라보았다. 철제 난간이 달린 침대 옆에 분홍색 가디건을 입은 여자가 투명한 링거액이 담긴 비닐 팩을 들고 서 있었다. 여자는 소년의 몸에 연결되어 있던 전극과 호스들을 떼어 냈다.

"어디 불편한 데는 없죠? 누워만 계시면 안 돼요. 움직이시고 심호흡을 자주 하셔야 폐에 물이 차지 않아요. 우선 손과 발을 움직여 보시겠어요?"

소년은 여자의 말대로 손발을 꼼지락거리는 동안, 자신이 누워 있는 곳이 어디인지 알아챘다.

병원이었다.

"이상은 없는 것 같군요. 축하드려요. 수술은 완전히 성공했어요."

여자, 아니 간호사가 환하게 웃었다.

"수……."

무심코 입을 열다가 소년은 입을 다물었다. 가래가 끓어서 소리가 제대로 나오지 않았다. 그것을 눈치채고 간호사가 재빨리 타구를 가져다 주었다. 소년은 가래를 뱉고는 다시 물었다.

"수술요?"

"기억 안 나세요? 레벨 B의 전신 기능 정지 상태라 소생 수술을 받으셨어요."

레벨 B의 전신 기능 정지? 소생 수술? 소년은 소생이라는 단어가 자신이 알고 있는 그 소생과 같은 단어인지 생각했다. 아니면 잘못 들은 걸까?

소생(甦生), **다시 살아나다.**

"혹시 제가 죽었단 말인가요?"

15

간호사는 미소를 지었다.

"쉽게 말하면 그렇죠. 이젠 되살아난 거고요."

소년이 잘못 들은 게 아니었다. 소년은 죽음이 더 이상 끝이 아닌 시대, 신체의 심각한 파손과 부패의 진행만 없다면 얼마든지 소생이 가능한 시대를 살고 있었던 것이다. 그러나 열여덟인 자신이 소생 수술의 대상이 되리라고는 생각해 본 적이 없었다.

"안심하세요. 환자 분을 수술하신 유정환 선생님은 소생 수술에 있어서는 신라 최고의 실력자이십니다. 간단한 검사와 재활 훈련을 끝마치면 곧바로 일상으로 돌아가실 수 있을 거예요."

"대체 저에게 무슨 사고가 있었던 거죠?"

간호사의 얼굴에 미묘한 미소가 스쳤다.

"그건 나중에 보호자께서 알려 주실 거예요. 소생 수술은 대성공이어서 일상생활은 물론, 나중에 신력을 활용하시는 데에도 지장이 없을 거예요."

간호사는 소년이 이해할 수 없는 말을 했다.

"신력……?"

"어머, 기억나지 않으세요?"

간호사의 얼굴에서 미소 대신 당황스러움이 잉크처럼 번졌다. 그러나 곧 침착하게 소년의 머리맡에 있는 차트를 집어 들었다.

"실례지만 간단한 테스트 좀 할게요. 본인의 이름과 주소를 말씀해 주시겠어요?"

"어······."

소년은 바로 대답하려다 간호사를 바라보았다. 간호사도 소년을 바라보고 있었다. 소년의 입은 벌어져 있었지만 말이 새어 나오지 않았다. 소년은 자신이 지금 굉장히 바보 같은 얼굴을 하고 있을 거라고 생각했다. 기억이 나지 않았다!

이름도, 주소도, 그 외의 다른 것들도. 모두!

간호사는 곧바로 침대 옆의 버튼을 눌렀다.

"유 선생님! 404호 환자에게서 누락이 발견됐어요!"

간호사가 '신라 최고의 실력자'라고 소개한 의사가 순식간에 달려왔다. 그러고는 한동안 소년의 무릎을 두드리고 눈을 까뒤집고 청진기로 몸속의 소리를 듣겠다며 난리법석을 떨었다.

"눈동자의 움직임도 좋고, 장기들도 모두 정상입니다. 그 외 테스트 결과는, 어디 보자······."

의사가 차트를 뒤적이는 동안 소년은 그 목소리를 어디에서 들었는지 기억했다. 막 깨어났을 때 유리관 밖에서 소년을 들여다보았던 괴물의 목소리였다. 그때는 괴물이라고 생각했는데 지금 보니 눈 두 개, 코 하나, 약간 큰 입. 모두 제자리에 잘 붙어 있는 보통 사람이었다. 조금 특이한 게 있다면 송충이처럼 생긴 눈썹이랄까?

소년은 그가 말할 때마다 눈썹을 꿈틀거리는 버릇이 있다는 것을 알아챘다. 마치 살아 있는 생물 같은 움직임이었다. 입 모양에 따라 자유자재로 움직이는 눈썹이 신기해서 소년은 실례라는 것을 알면서도 그것을 뚫어져라 쳐다보았다.

"일단 누락된 것은 시간 기억과 일부의 지식 기억인 것 같군요. 이를 테면 인간관계나 과거에 겪은 사건, 주위 환경에 관한 기억입니다."

꿈틀.

"뭐, 큰일은 아닙니다. 전신 기능 정지 당시의 쇼크로 인해 기억이 사라지는 일도 종종 있지요."

꿈틀 꿈틀.

"게다가 환자 분의 경우는 기억이 다 사라진 것이 아니고 생활에 필요한 기초적인 지식은 남아 있으니 별 지장은 없을 것입니다."

꿈틀 꿈틀 꿈틀 꿈틀 꿈틀.

소년은 의사의 눈썹이 몇 번 꿈틀거렸는지 속으로 헤아려 보았다.

"듣고 계십니까?"

"네? 네."

의사는 소년이 눈썹에 정신이 팔려 있다는 사실을 눈치채고 있었다. 대부분의 사람들이 그의 눈썹을 보고 비슷한 반응을 보였다.

"최면 요법이든 뭐든 써 보겠지만 기억이 되돌아올 가능성은 거의 없다고 봐야 합니다."

소년은 이맛살을 찌푸렸다.

2000년대 초, 의료 분야에서는 괄목할 만한 성과가 있었다. 역사적으로도 서기 600년대에 있었던 신력 혁명에 버금가는 획기적인 일이

18

었다. 그것은 바로 심신이 죽음에 이른 사람을 살리는 소생술이다.

물론 모든 사람을 소생시킬 수 있는 것은 아니다. 소생시킬 수 있는 대상은 레벨 B의 심신 기능 정지 상태에 놓인 사람뿐이었다. 다시 말해, 사망한 지 24시간이 지나지 않았고 신체의 50% 이상이 훼손되지 않은 사람만이 소생 수술을 받을 수 있었다. 대상이 한정되어 있다 하더라도 죽은 자를 소생시킨다는 것은 굉장한 일이기 때문에 소생한 사람들에게 나타나는 몇 가지 부작용쯤은 아무렇지 않게 생각하는 분위기였다.

"그럼 저는 소생 수술이 실패한 건가요?"

"아닙니다. 원래부터 소생으로 되살릴 수 있는 것은 사망 전 심신 기능의 99.9%뿐입니다. 나머지 0.1%는 사망할 때의 충격으로 상실되어 복구되지 않습니다."

그 복구되지 않는 부분을 보고 누락되었다고 한다. 보통은 시력이 떨어지고 손가락을 미세하게 움직이기 어렵거나 미각에 변화가 오는 정도에 그친다고 했다.

"환자 분은 과거의 기억이 누락되었지만 뭐, 괜찮습니다. 기억은 다시 쌓으면 되는 것이니까요."

'자기 이름도 기억 못하는데 괜찮다고?'

소년은 의사의 이마에서 꿈틀거리는 두 마리의 송충이를 손으로 뭉개 죽여 버리고 싶은 충동을 느꼈다.

그런 마음을 아는지 모르는지 의사는 다시 한 번 세상 걱정 없다는 듯 웃으며 말했다.

"그럼 이름을 알아볼까요?"

낯선 집

김 영 준

소년은 종이 위에 쓰인 세 글자가 낯설기만 했다.

"김영준, 김영준……."

그래도 조금이나마 익숙해지기 위해서 영준은 종이에 적힌 자신의 이름을 여러 번 되뇌었다.

종이에는 이름 외에도 나이와 콩을 싫어하니 식사에 콩을 빼 달라는 지시 사항이 적혀 있었다. 그것이 영준이 자신에 대해 알고 있는 전부였다.

"허허, 나머지는 가족과 함께 천천히 알아 가시면 됩니다."

의사가 유쾌하게 말한 게 벌써 사흘 전의 일이다. 그동안 영준은 가족은커녕, 가족 비슷한 사람조차 만나 보질 못했다.

"우리 가족은 언제 와요?"

"곧 오실 거예요."

간호사에게 물어도 같은 대답만 돌아왔다. 이제 영준은 가족의 행방을 물어볼 의지조차 없어졌다.

병원 생활은 나쁘지 않았다. 갇혀 있는 기분은 들었지만 병실은 넓고 개인 샤워실도 딸려 있는 데다 밥도 맛있었다. 몸이 덜 나아서 많은 곳을 돌아다니기는 힘들었지만 층 내에서는 자유롭게 걸어 다니기도 했다. 원하는 시간에 엘리베이터를 타고 재활 치료를 받으러 가는 것도 가능했다.

영준은 아침저녁 하루 두 번 의사의 문진을 받고 나머지 시간은 운동과 생활에 필요한 여러 가지 지식들을 습득하면서 보냈다.

배워야 할 지식 중 가장 중요한 것은 신력이었다. 신력은 이 세상을 돌아가게 하는 힘이었다. 본래부터 자연계에 내재해 있던 것이었는데 1400년 전에 어떤 학자가 처음 발견한 뒤 지금까지 이를 대체할 만한 힘이 나타나지 않았다. 아, 딱 하나, 가능성이 있는 것이 나타나긴 했다. 100년도 더 전에 한 학자가 '전기(電氣)'라는 힘을 발견하고, 전기의 시대가 올 것이라고 발표했지만 전기는 신력에 비해서 자원의 소모가 크고, 사용하는 데 편리하지 않아서 얼마 지나지 않아 역사의 뒤안길로 사라져 버렸다.

지금이야 신력이 일상화가 되었지만 이 힘의 이름을 신력이라 지은 것을 보면 옛날 사람들에게는 매우 획기적이고 신기했던 힘이었음 을 알 수 있다.

신력(神力), 신의 힘.

신력을 이용하면 물질을 순식간에 부식시키거나 얼릴 수 있고 상한 것을 본래대로 되돌리며, 멀리 있는 것을 보고 듣고 말보다 빠르게 달릴 수 있으니, 신력을 신에게서 받은 힘이라고 생각한 것도 이상한 일은 아니다. 요즘은 초등학교의 교과 과정에서도 간단한 신력을 다루는 수업이 있지만 한때는 이 신력을 자연계에서 자유자재로 뽑아내는 사람을 신의 대리자로 숭배하기도 했다.

영준은 신력의 이론에 대해 배우는 한편, 하루에 한 번씩 팔뚝 길이만 한 투명한 원통을 들고 정신을 집중하는 훈련을 해야 했다. 의사는 그것이 자연계에 존재하는 신력을 모으는 작업이라고 알려 주었다.

'신력을 모으고 다루는 법을 배우면 일상생활에 적응하는 데 많은 도움이 될 겁니다.'

송충이 눈썹을 가진 의사가 말한 대로 영준은 금세 주변 기기를 다루는 데 능숙해졌다. 신력으로 실내조명을 끄고 켜고 재활 기계를 작동할 수 있게 되었다. 그리고 신력으로 작동되는 스마트폰을 갖고 싶다는 욕망이 생겼다. 물론 영준에게는 스마트폰을 장만하는 것보다 통화를 할 상대를 찾는 것이 먼저였다.

재활 치료실에서 트레드밀의 스위치를 누르며 영준은 나이답지 않은 한숨을 쉬었다. 신력 시스템과 접속되었다는 기계음과 함께 발밑의 벨트가 천천히 움직이기 시작했다. 동시에 트레드밀 전면에 부착된 모니터에서 드라마가 나왔다. 모니터는 재활 훈련의 무료함을 조금이나마 덜어 주기 위한 장치였는데, 영준은 이것을 통해서 세상에 대해 배울 수 있었다.

　"엄마, 학교 다녀왔습니다!"

　"어, 그래. 잘 다녀왔니? 내 새끼."

　드라마에 나오는 가족들을 보며 영준은 자신의 가족이 어땠을지 상상하곤 했다. 아버지는 회사원일까? 어머니는 전업주부일까? 맞벌이 부부일까? 그래서 병문안을 올 시간이 전혀 없는 걸까?

　트레드밀의 속도가 빨라지고 영준의 숨이 차오를 때 드라마는 극적으로 격해졌다.

　"선생님! 우리 아들은요? 네? 우리 아들은 괜찮은 건가요?"

　드라마 속에서 한 어머니가 의사의 옷깃을 잡으며 울고불고 난리를 쳤다.

　영준은 그것을 보다가 마음이 불편해져서 모니터를 꺼 버렸다. 다쳐서 병원에 실려 온다면 가족들이 병원으로 오는 것은 당연한 일처럼 보였다. 하지만 영준에게는 먼 세상의 일일 뿐이었다.

　또래에 비해 키가 큰 영준은 새까만 모니터 화면을 응시했다. 머리칼이 덥수룩하고 눈 밑이 움푹 들어간 얼굴이 영준을 바라보고 있었다. 선이 굵고 이목구비가 뚜렷한 편이었지만 화면이 어두워서인지 왜소하고 우울해 보였다. 영준은 일부러 씨익 웃었다. 모니터 속의 얼굴도 따라서 웃었다. 하지만 영준에게 썩 어울리는 표정은 아니었다.

영준은 마음이 불안했다. 일반적인 표류자라면 고향과 가족 생각을 하며 버틸 수 있겠지만 영준에겐 그것도 불가능했다. 영준이 할 수 있는 일이라고는 잠자코 기다리는 것뿐이었다.

'난 혹시 고아인 건가?'

그날 저녁에는 콩밥이 나왔다. 영준은 푹 익은 콩을 골라내면서 결론을 내렸다. 애초에 부모가 없다면 아무도 찾아오지 않는 것이 당연했다. 그렇다고 해도 한 가지 납득하기 어려운 점이 있었다.

'병원비는 대체 누가 내 주는 거지?'

영준은 개인 병실을 쓰고 있었다. 혼자 쓰기에는 지나치게 널찍한 공간에 화장실도 딸려 있었다. 얼마나 넓은지 병실 안에서 스쿼시를 해도 될 정도였다.

영준이 자신의 병실 외에 가 본 곳은 두 층 아래에 있는 재활 치료실뿐이었다. 그러나 어제 실수로 엘리베이터 버튼을 잘못 눌러 다른 층에 멈췄을 때, 병실에서는 들을 수 없던 왁자지껄한 소음과 함께 환자복을 입고 있는 여러 사람의 모습을 볼 수 있었다. 다른 병원과 마찬가지로 이 병원에도 개인실 외에 6인실, 4인실 같은 병실이 따로 있었다.

'다인실이 꽉 차서 개인실에 입원시킬 수밖에 없었나?'

개인실에 입원한 이유야 어떻든 간에 누군가 병원비를 지불하긴 할
터였다.

'법적인 보호자가 있긴 하다는 말인데……'

불현듯 영준은 비싼 병원비 때문에 가족에게 미움받고 있을지도
모른다는 생각이 들었다. 그래서 찾아오지 않는 걸까? 아니면 직업상
너무 바쁘다거나…….

영준은 실수로 다른 층에서 내릴뻔 했을 때 누군가가 간호사와 옥
신각신 다투는 것을 본 기억이 났다. 환자는 아니었다. 남자는 사복
차림에 카메라를 들고 있었다. 며칠째 집에 들어가지 못했는지 머리
는 산발인 데다 입은 옷도 지저분했다. 남자는 한참을 간호사와 다
투다가 영준이 타고 있는 엘리베이터를 보고는 "저기다!" 하고 소리
쳤다. 영준은 남자가 엘리베이터 쪽으로 기세 좋게 뛰어오는 것을 멀
뚱히 바라보았다. 가까이 있던 간호사가 재빨리 엘리베이터에 들어와
닫기 버튼을 눌렀다. 문은 남자의 코앞에서 닫혀 버렸다.

"이런 곳까지 나오시면 안 돼요."

간호사가 말했다. 상냥하지만 엄격한 말투에 영준은 자신도 모르
게 고개를 끄덕였다.

'병원에 취재 거리라도 있나? 유명한 사람이 입원했다거나…….'

영준은 잠시 흥미가 일었지만 자신과는 상관없는 일이라고 생각했
다. 며칠씩 집에도 못 들어가고 특종을 따려고 동분서주하는 직업이
라면 병문안을 오는 것이 쉽지 않을 것이다. 영준은 자신의 보호자도

그런 사람일지 모른다고 생각했다.

'이대로 퇴원할 때까지 아무도 안 오면 어쩌지?'

영준이 병원 밥을 한술 떠서 입에 넣었을 때였다. 병실 문이 달칵 열리며 분홍색 가디건을 걸친 간호사가 들어왔다.

"김영준 환자 분, 보호자 면회예요."

활짝 웃는 간호사의 뒤에는 백발의 노신사가 서 있었다. 노신사가 입고 있는 양복과 중절모는 모두 구김살 하나 없이 반듯했다. 노신사를 본 순간 영준은 그동안 가지고 있던 의문 중 하나가 해결 된 기분이었다.

'아하! 난 할아버지 밑에서 자란 거구나.'

영준의 머릿속에는 부부가 사고로 죽자 혼자 남은 손자를 거두고 어렵사리 돈을 마련해 병원비를 내는 할아버지의 모습이 파노라마처럼 그려졌다. 할아버지는 병원비를 모으느라 병간호를 할 수 없을 만큼 바빴을 것이다.

영준은 친가 쪽인지 외가 쪽인지는 모르겠지만 처음으로 뵙는 할아버지에게 쾌활하게 손을 흔들어 보였다. 가능한 좋은 첫인상을 주고 싶었기 때문이었다. 물론 할아버지는 영준을 처음 보는 것이 아니겠지만.

"어서 오세요, 할아버지!"

노인의 표정이 떨떠름하게 변했다. 그러고는 표정만큼이나 떨떠름한 목소리로 말했다.

"건강하게 소생하신 모습을 보니 안심이 됩니다, 도련님."

영준은 눈을 휘둥그레 떴다. 도련님이라는 말이 너무나 낯설었다.

"의사로부터 대략적인 내용은 들었습니다. 기억이 없으시다고요."

"예……."

"저는 도련님 댁의 관리를 맡고 있는 윤정만입니다. 윤집사라고 불러 주시면 됩니다."

"집사……요?"

"그렇습니다. 도련님의 증조부님 시절부터 3대에 걸쳐 집안의 주인님들을 모셔 왔지요. 도련님께서 가문을 이으시면 4대가 됩니다."

"그럼 저희 부모님은……."

"현재 주인님과 마님께서는 출타 중이라 부득이 제가 도련님을 찾아뵙게 되었습니다."

"부모님이 살아 계신다는 말이에요?"

영준은 자신도 모르게 소리쳤다. 윤집사의 떨떠름한 표정이 한층 더 떫어졌다. 그 표정을 보니 아무래도 생각했던 것과 현실은 많이 다른 모양이었다. 영준은 황급히 화제를 돌렸다.

"집사가 있을 정도면 대단한 집인가 봐요."

윤집사는 기묘한 표정을 지었다.

"도련님 댁은 신라 지증왕 시절부터 내려온 뿌리 깊은 집인입니다. 아직까지 권세를 누리고 있는 몇 안 되는 진골 귀족이지요."

영준은 자랑스럽게 말하는 윤집사의 말 속에서 생소한 단어를 찾아내고 깜짝 놀랐다.

귀족.

"잠깐, 잠깐만요. 그러니까 저희 집이 '넌 가문의 대를 이어야만 해.'라든가 '이거 먹고 우리 아들과 헤어져 줘요.' 같은 말을 하는 그런 집안이란 말인가요? 등하교를 할 때마다 경호원이 따라다니고, 정원에는 비싼 품종의 개가 뛰노는 그런 집안?"

"그동안 드라마를 좀 보셨나 봅니다."

윤집사는 별로 웃기지도 않은 농담을 내뱉고는 영준에게 집안 내력을 줄줄 읊어 주었다.

집사의 말에 따르면 영준의 집안은 신라 왕족에서 갈라져 나온 유서 깊은 집안으로, 내로라하는 관직에 집안사람이 빠진 적이 없었고 한때는 왕보다도 더한 권세를 누렸던 지역 유지였다. 특히 영준의 증조할아버지가 세운 회사가 크게 번창하여 신라에서는 열 손가락 안에 드는 재벌이기도 했다. 이렇게 되고 보니 이 일대에서는 중앙에 있는 대통령보다 영준의 가문이 더 유명할 정도라고 한다.

여기까지의 내용만으로도 엄청났다. 영준은 이어지는 윤집사의 말이 귀에 들어오지 않았다. 윤집사는 소유한 회사가 얼마, 부동산이 얼마, 역대 조상들의 업적이 어쩌고저쩌고, 유전적으로도 뛰어나서 훌륭한 신력술사를 몇이나 배출했고, 신라뿐만 아니라 중앙에서도 발언권이 있으며, 누구누구와 연이 닿아 있는지를 숨 돌릴 틈 없이 구구절절하게 쏟아내서 영준의 정신을 저 멀리 어딘가로 보내 버렸다. 차라리 드라마 속의 재벌 이야기가 더 현실성이 있을 정도였다.

"그러니까……, 쉽게 말하면 정, 재계를 망라한 재벌이란 말이에요?"

영준이 얼이 빠진 얼굴로 묻자 윤집사가 정정해 주었다.

"재벌이 아닙니다. 귀족입니다."

영준은 윤집사가 말해 주지 않은 부분까지 짐작할 수 있었다. 영준의 집은 돈 많고, 땅 많고, 권세도 있고, 모든 것이 차고 넘칠 정도로 풍족하지만 가족 간의 애정은 결여되어 있는 집이라는 것을.

"도련님께서는 그런 집안의 후계자이신 겁니다."

좋아해야 하는지 싫어해야 하는지 영준은 갈피를 잡을 수가 없었다. 윤집사가 말해 준 것은 지난 사흘간 영준이 TV를 보며 그려 왔던 가족의 모습과는 전혀 달랐다. 평범한 가족을 상상했던 것은 아니었지만 그래도 이렇게까지 비현실적일 줄이야.

'차라리 잘된 걸까?'

지금으로서는 기억도 나지 않는 부모님과 형제랑 부딪치느니 가족애가 없는 가정의 구성원인 편이 나을지도 모른다. 한편으로는 병원 생활이 어쩌면 집보다 나을지도 모른다는 생각도 들었다.

"가문에 대한 것은 대충 이해가 되셨습니까?"

영준은 질린 얼굴로 윤집사를 바라보았다. 놀라운 가문이든 아니든 그런 것은 아무래도 상관없었다. 영준이 알고 싶은 것은 다른 것이었다.

"갑자기 전부 기억하시는 것은 어려울 테니 입원해 계시는 동안 중요한 것들을 제가 조금씩 가르쳐 드리겠습니다."

"부모님께선 안 오시는 건가요?"

"으음."

윤집사가 잠시 망설였다.

"주인님 내외께서는 모두 해외에 계셔서 당분간 돌아오시기 어려운 상황입니다. 도련님의 치료에 대해서는 제게 모든 것을 맡긴다고 하셨습니다만……."

나이 많은 집사는 말을 하던 도중에 어린 도련님이 원하는 대답을 눈치챘다. 그래서 조용히 덧붙였다.

"그래도 퇴원하기 전에는 한 번쯤 보러 오실 거라고 생각합니다."

"그동안 감사했습니다."

긴 입원 기간이 끝나고 퇴원하는 날, 영준은 그동안 돌봐 준 의사와 간호사에게 인사를 하고 윤집사와 함께 병실을 나섰다. 낯선 세계로 첫발을 내딛는 날이었다. 결국 퇴원하는 날까지 영준을 찾아온 것은 윤집사뿐이었지만.

"아마도 오고 싶은 마음은 굴뚝 같으셨을 겁니다. 하지만 바쁘시기도 하고, 워낙에 병원이라는 곳은 보는 눈이 많아서 말이지요."

영준이 묻지도 않았는데 윤집사가 변명했다. 줄곧 마음에 걸렸던 모양이었다. 영준은 아무 말도 하지 않았다. 영준이 1층 로비로 나와 무심코 정문으로 향하는데 윤집사가 가로막았다.

"그쪽이 아닙니다."

"나가는 문은 저쪽인데요?"

"귀찮은 일은 최대한 피하라는 주인님의 분부십니다."

윤집사는 병원 뒷문으로 영준을 안내했다. 이미 운전기사가 차를 대기시켜 놓고 기다리고 있었다. 차는 밖에서 안이 보이지 않도록 창문에 선팅이 되어 있었다. 안에서는 밖이 보이기나 할지 의심스러울 정도로 새까맸다.

영준과 윤집사가 뒷좌석에 앉자마자 자동차는 미끄러지듯 병원을 빠져나갔다. 차 안의 공기는 매우 어색했다. 영준은 운전기사에게도, 꼿꼿한 자세로 앉아 있는 윤집사에게도 말을 걸기가 어려워 창밖만 보고 있었다.

녹음이 우거진 병원 부지를 지나자 바로 번화가가 나타났다. 고층 빌딩이 늘어선 거리는 자동차와 사람들로 가득 차 있었다. 건물 위의 현란한 광고판이 눈길을 사로잡았고, 사거리를 지나칠 때마다 '2016 년은 경주 방문의 해'라든지 '신라인의 고향에 어서 오세요.'라는 문구가 새겨진 대형 탑이 나타났다. 영준에게는 낯설면서도 어딘가 익숙한 풍경이었다.

영준은 문득 병원에 있는 동안 보았던 학습 프로그램의 내용이 떠올랐다. 기억을 잃은 영준의 머릿속에 상식을 주입시키기 위한 프로그램이었는데, 사실만을 기계처럼 늘어놓는 단조로운 목소리에 자주 눈꺼풀이 무겁게 내려앉곤 했다. 한마디로 재미라고는 개미 발바닥만큼도 없었다.

"2016년 현재, 한국은 크게 다섯 개의 지역으로 나뉘어 있습니다. 고구려도, 백제도, 신라도, 탐라도 그리고 이 네 개의 도를 통제하는 중앙이죠. 이름에서 이미 알 수 있듯이 네 개의 도는 과거 고구려, 백제, 신라 그리고 탐라의 영토였던 지역들입니다."

영준이 너무나 많이 봐서 외워 버린 프로그램의 첫머리였다.

"고구려, 백제, 신라, 탐라의 네 나라가 '한국'이라는 이름으로 통일된 것은 20세기에 들어와서입니다. 16세기와 20세기 초에 있었던 두 번의 큰 전란을 계기로 각국의 왕들이 통일에 합의하면서 한국이 성립된 것이죠."

차창 밖으로 흐르는 풍경은 프로그램에서 보았던 흑백 사진 같은 풍경과 전혀 달랐다. 예상했던 것보다 훨씬 높이 솟아 있는 마천루를 보면서 영준은 자신도 모르게 한숨을 쉬었다.

영준은 높다란 빌딩에 부착된 대형 스크린에서 내보내는 실시간 주요 뉴스를 보았다. 이날의 주요 화제는 구 신라 왕족 출신인 정치가가 중앙에서 경주로 돌아온다는 내용이었다. 영준의 귓가에는 다시 병원에서 본 프로그램 내용이 떠돌았다.

"물론 통일이 되었다고는 하나, 그때까지 독자적인 문화를 발전시켜 오던 나라들이 하나로 뭉치는 것은 쉽지 않았습니다. 한국은 어느 한 나라가 다른 나라를 무력으로 통일한 것이 아니라 합의로 통일된 국가이기에 이제까지의 왕권 체제와는 달리 어느 정도 각 도의 자치를 인정하는 연방 공화국의 형태를 취하고 있었습니다. 그렇기 때문에 커다란 구심점이 없었다면 각 지역은 융화되지 못한 채 통일은 실패하고 이전의 국가 체제로 돌아갈 위험이 컸습니다. 여기서 구심점이 된 것이 바로 중앙이었습니다."

현재 중앙은 한국의 수도 서울과 그 인근 지역을 포함하고 있는 곳으로, 면적은 다섯 개의 도 중에서 가장 좁지만 한국의 정치와 경제, 문화의 중심지라 할 만큼 중요한 위치에 있는 곳이었다. 중앙이 지금의 힘을 가질 수 있었던 것은 통일 한국이 성립되던 당시, 네 나라의 구 왕족들 대부분이 중앙으로 강제 이주되었기 때문이었다. 지방에 힘이 몰리게 하지 않고 중앙과 구 왕족들이 상호 견제하는 효과를 기대한 것이었는데 중앙에게는 그것 외에도 큰 이득이 있었다.

구 왕족이 중앙으로 이주할 때 많은 귀족들과 학자, 예술가, 장인들이 뒤따랐는데, 그들 덕분에 중앙은 정치, 경제, 사회, 문화, 기술, 예술 등 다방면에서 눈부신 발전을 이룩할 수 있었다. 덕분에 중앙은 모든 권력의 집결지가 된 동시에 다른 네 도에 맞먹을 정도로 성장할 수 있었다.

그 결과, 경주와 평양, 부여, 탐라시 같은 옛 왕국의 수도들은 필연적으로 쇠퇴의 길을 걸었다. 그렇다고는 하지만 아직까지는 그 위세가 많이 남아 있는 상태였다. 경주만 하더라도 여전히 신라 제1도시로 기능하고 있었다.

"예전에는 도련님의 집안도 저 성 안에서 살았다고 하지요."

차가 반월성 앞을 지날 즈음, 그동안 입에 자물쇠라도 채운 듯 침묵하고 있던 윤집사가 입을 열었다.

"성 안에서요?"

"예, 도련님의 고조부 대에 큰 공을 세워 지금의 택지를 하사받으셨다고 합니다."

"그 신력인지 뭐인지 덕분인가요?"

병원에 있는 동안 집안에 관한 것은 윤집사에게 들어서 영준도 어느 정도는 알고 있었다.

영준의 집안은 대대로 신력을 다루는 능력이 뛰어났다고 한다. 신력을 지금처럼 따로 저장하여 사용할 수 있게 되기 전까지는 신력과 관계되어 있는 모든 일은 신력을 다룰 수 있는 인간이 직접 해야만 했다. 신력이라는 게 워낙 중요한 힘이다 보니 신력을 잘 다룰 수 있는 사람은 귀한 대접을 받았다.

"아참, 이걸 잊었습니다."

윤집사가 무언가를 내밀었다.

까맣고 반지르르한 표면의 물건은 스마트폰이었다. 영준은 너무 좋아서 하마터면 "진짜요?" 하고 소리칠 뻔했다. 생각해 보니 집이 그렇게 부자인데 스마트폰 하나 가지는 게 어려운 일은 아니었다.

뭔가 저장되어 있나 싶어 영준은 얼른 전원 버튼을 눌렀다.

딩동!

경쾌한 소리와 함께 화면이 켜졌다. 영준은 곧 실망하고 말았다. 핸드폰의 주소록은 텅 비어 있었고 흔한 메신저 어플 하나 깔려 있지 않았다.

"새로 준비한 것입니다. 도련님께서 그렇게 되실 때 소지품이 모두 부서져 버렸으니까요. 우선 필요하실 테니 마음에 들지 않으셔도 당분간은 그걸 쓰십시오."

윤집사의 말에 영준은 매우 놀랐다.

"소지품이 모두 박살 났다고요? 굉장히 큰 사고였나 봐요? 제가 트럭에 치이기라도 한 건가요?"

윤집사는 다시 떨떠름한 표정을 지었다. 그 표정은 윤집사의 트레이드마크인 모양이었다.

'교통사고가 아닌가?'

영준은 고개를 갸웃거렸다. 이제까지 영준은 막연히 자신이 죽은 이유가 교통사고 때문일 거라고 생각했다. 교통사고가 아니라면 어떤 사고였던 걸까? 어디에서 떨어지기라도 한 걸까? 아니면 가스 폭발의 현장에서?

"대체 무슨 사고였던 거죠?"

영준이 물었지만 대답은 돌아오지 않았다. 윤집사는 입을 다문 채 영준의 질문 따위는 듣지 않았다는 듯이 정면만 바라보고 있었다. 영준의 질문을 거부하려는 기류가 차 안에 흘렀다. 그 공기가 너무나 무거워서 영준은 더 이상 캐물을 수가 없었다. 생선 가시가 목에 걸린 것 같은 껄끄러움에 영준은 스마트폰 화면만 손가락으로 톡톡 두 드렸다. 바깥 풍경은 녹음으로 바뀌어 있었다. 차는 잘 포장된 언덕 길을 여러 번 오르내리면서 어느새 도심을 빠져나왔다. 달리 할 수 있는 일이 없어서 영준은 창밖의 풍경을 멍하니 보았다.

다시 차가 오르막길에 다다랐을 때 영준은 자전거를 타고 페달을 밟고 있는 한 소년을 보았다. 전단지를 배포하는 중인지 자전거 앞바 구니에 두툼한 종이 뭉치가 실려 있었다. 오르막길인데도 기세 좋게 페달을 밟는 소년을 보고 영준은 감탄했다. 재활 훈련실에 놓인 훈련 용 자전거를 밟았을 때의 기억이 떠올랐다. 재활용 자전거도 힘들었 는데 오르막길을 저런 자전거로 오르려면 다리 힘이 얼마나 강해야 할까?

소년이 흘끗 영준 쪽을 보았다. 눈이 마주쳤나 싶던 순간, 운전기 사의 목소리가 들렸다.

"곧 저택에 도착합니다."

땅거미가 깔리기 시작한 오르막길 위로 철창살로 된 대문이 나타 났다. 영준이 생각했던 것보다도 더 으리으리한 대문이었다. 차가 대 문 앞에 서자 삐, 소리가 울리며 하늘을 찌를 듯이 높이 솟은 철창살 문이 열렸다. 저택이 얼마나 넓은지 대문에서는 아직 안의 건물이 보 이지 않았다. 차가 비탈의 커브를 크게 돌았을 때에야 영준은 잘 정 돈된 정원 너머에 있는 건물을 발견할 수 있었다.

뜻밖에도 그것은 유럽에서나 볼 수 있는 오래된 서양식의 3층 저택이었다. 저택은 막 서쪽으로 기운 태양을 등지고 서 있어서인지 스산해 보였다. 고즈넉한 저택의 벽면 위쪽은 밝은 잿빛이었고, 아래쪽은 담쟁이덩굴로 뒤덮여 있었다. 기둥과 귀퉁이마다 조각된 섬세한 문양들은 풍광에 닳아 있어 그 자체로도 문화재라 할 수 있을 정도였다.

"한옥이 아니네요?"

윤집사가 하도 집안을 으리으리하게 이야기 해대는 바람에 영준은 고풍스러운 한옥이 있을 거라고 생각했다.

"90년쯤 전에 큰 화재가 있었답니다. 도련님의 고조부께서 그때까지 있던 한옥을 헐고, 그 자리에 서양식 저택을 세우셨지요."

거의 100년 가까이 된 건물이라는 말에 영준은 또 한 번 놀랐다. 영준이 탄 차는 계곡물을 끌어다 흐르게 한 도랑에 걸린 다리를 지나 저택의 현관 앞에 멈춰 섰다. 영준은 바짝 긴장했다. 집사의 도움을 받아 차에서 내리는 동안 쿵쾅거리는 심장을 진정시키려 애썼다. 이제부터 자신을 아는 사람들을 만날지도 모른다고 생각하니 몸에 절로 힘이 들어갔다.

끼익.

금속으로 장식된 커다란 문은 의외로 가벼운 소리를 내며 열렸다. 현관에 들어서자 바로 1층 홀이 나타났다. 그 너머에는 양 옆으로 긴 호를 그리며 2층으로 이어지는 계단이 자리 잡고 있었다.

"어서 오십시오."

윤집사가 영준이 오는 것을 미리 알렸는지 로비에는 저택에서 일하는 사람들이 모두 나와 있었다.

"아, 안녕하세요."

기계처럼 딱딱한 표정을 한 사람들이 허리를 굽혀 공손히 인사를 하자 영준은 자신도 모르게 따라서 인사했다. 영준은 하인들처럼 보이는 사람들의 인사가 당혹스럽고 불편했다. 영준의 인사에 하인들 몇몇이 눈에 띄게 움찔했다. 표정에는 딱히 드러나지 않았지만 윤집사가 처음 병실에 와서 보인 것과 비슷한 반응이었다.

'예전의 나는 이렇게 행동하지 않았었구나.'

영준은 그런 생각이 들었지만 어떻게 행동해야 좋을지 알 수 없었다. 자기소개라도 해야 하나 고민하고 있을 때 윤집사가 크게 손뼉을 쳤다.

"자, 자, 인사 끝났으면 자기 자리로 돌아들 가고. 미선이는 차 트렁크에 있는 도련님의 옷가지들을 세탁실로 가져가라."

"네."

그 말이 끝나자마자 모여 있던 하인들이 일제히 흩어지기 시작했다.

삽시간에 홀에는 영준과 윤집사, 둘만 남았다. 그것도 잠시였다. 물러나던 하인 중 한 사람이 갑자기 빠른 걸음으로 돌아와 윤집사에게 조용히 속삭였다.

"집사님, 1층 복도 창문 문제로 상의할 게 있습니다만."

"도련님, 잠시 여기서 기다려 주십시오."

영준은 고개를 끄덕였다. 윤집사가 하인과 복도 저편으로 사라지자 영준은 갑자기 혼자가 되었다. 혼자라는 것을 의식한 탓인지 으스스한 기분이 들었다. 윤집사를 기다리는 동안 영준은 천천히 로비를 한 바퀴 둘러보기로 했다.

또각또각.

영준이 걸음을 옮길 때마다 구두 소리가 필요 이상으로 크게 울렸다.

어두운 집이었다. 해가 잘 들지 않아 어두운 것이 아니었다. 집안 분위기 자체가 그랬다. 영준은 묘한 불안감을 느꼈다. 되도록 조용히 걸으며 로비의 벽면에 걸려 있는 그림들과 도자기 장식들을 천천히 둘러보았다

"청소하기 힘들겠네."

높다란 천장에 매달린 샹들리에를 보고 영준은 자신도 모르게 중얼거렸다. 그때였다. 샹들리에를 따라 계단 위로 시선을 옮기던 영준은 하마터면 비명을 지를 뻔했다. 지금까지 아무도 없었던 계단 위에 한 소녀가 서 있었다.

'귀신?'

영준이 그렇게 생각한 것이 무리는 아니었다. 표정 없는 얼굴, 짙은 단발 때문에 한층 더 창백해 보이는 피부, 무게가 느껴지지 않는 몸. 무엇보다 소녀가 이 세상 사람이 아닌 것처럼 느껴진 것은 어딘가 세상과 동떨어진 분위기 때문이었다.

소녀가 영준을 향해 살짝 고개를 숙이자 그제서야 영준은 소녀가

살아 있는 사람이라는 사실을 깨달았다. 소녀의 입술이 달싹였다.

"돌아왔구나."

소녀의 말투는 높낮이가 없이 건조했다.

"누구세요?"

영준이 물었다. 아는 사람인 걸까? 가족? 부모님 말고 다른 가족에 대해서는 전혀 들은 적이 없어서 자신이 외동아들이라고만 생각했는데……

영준의 질문이 의외였는지 소녀의 예쁘장한 얼굴이 한쪽으로 기울었다.

"소, 소생할 때 기억이 누락돼서요. 혹시 저랑 관련이 있는 분이시면……"

"기억이 없다고?"

영준의 말이 채 끝나기도 선에 소녀가 되물었다. 영준을 내려다보는 소녀의 얼굴에 처음으로 감정이 실렸다. 그것은 경멸이었다.

"그것 참 편리하겠네."

소녀의 말투가 얼음장처럼 차가워서 영준은 몸을 부르르 떨었다.

"왜 그런 식으로 말하는 거죠?"

"넌 네가 어떻게 죽었는지도 모르지?"

소녀의 말에 영준은 할 말을 잃었다. 소녀는 영준이 질문할 기회를 주지 않고 그대로 계단 위로 모습을 감추었다. 영준은 어이가 없어서 소녀가 사라진 쪽을 멍하니 바라보았다. 대체 뭐가 어떻게 된 노릇인지 알 수 없었다. 조금 부아가 치밀어 올랐다.

'어떻게 죽었는지 모른다니? 아무도 말해 주지 않으니까 당연한 거 아니야?'

영준이 대놓고 말하지 못한 것은 소녀가 이미 자리를 떠나 버렸기 때문이기도 하지만 소녀가 단순히 영준이 기억을 못 하는 일로 타박하는 것이 아님을 어렴풋이 느꼈기 때문이었다.

영준이 떨떠름한 표정으로 서 있자 때마침 윤집사가 돌아왔다.

"오래 기다리시게 해서 죄송합니다. 뭘 보고 계셨습니까?"

윤집사는 영준이 보고 있는 계단 위쪽을 흘끗 올려다보았다.

"아, 방금 전에 웬 누나가……."

영준은 확신이 서지 않아서 말하다 말고 잠시 망설였다. 거기까지만 듣고도 윤집사는 무슨 말인지 알겠다는 듯 고개를 끄덕였다.

"사촌인 지소님 말씀이시군요."

"사촌이오?"

윤집사가 고개를 끄덕였다.

"주인님의 동생이신 명완님의 따님이십니다. 도련님과 동갑이지요."

'같은 나이였구나…….'

영준은 괜히 존댓말을 했다고 생각했다. 본래부터 좋은 사이는 아닌 것 같지만 왜 그런 말을 한 걸까?

'넌 네가 어떻게 죽었는지도 모르지?'

"명완님 내외께서도 이 저택에 머무르고 계시니 저녁 식사 때 뵐

42

수 있을 겁니다. 그럼 도련님의 방으로 안내해 드리겠습니다."

영준이 질문할 틈도 없이 윤집사는 바로 계단을 오르기 시작했다. 영준은 떨떠름한 기분으로 윤집사의 뒤를 따랐다.

일기장

"어머머, 기억이 없다고? 어떡하니?"

귀청이 따가웠다. 영준은 손에 쥔 수저를 던지고 양손으로 귀를 틀어막고 싶은 충동을 간신히 억누르며 수저를 입 안에 밀어 넣었다.

"정말 기억이 하나도 안 나는 거야? 이름도 기억이 안 난다고? 어머나, 어머나! 큰일이네! 여러 가지로 불편한 점이 많을 텐데 말이야"

밥을 먹는 건지 짜증을 돋우려 노력하는 건지 알 수 없을 정도로 밥상머리에서 호들갑을 떨고 있는 사람은 영준의 숙모였다.

"그러게 말이에요."

영준은 입 안에 든 것을 삼키고 억지웃음을 지으며 좋아하는 고기 반찬으로 손을 뻗었다.

처음으로 만난 숙모는 후덕한 체구에 소란스러운 사람이었다. 숙모 바로 옆에는 숙부가 앉아 있었는데, 과묵한 데다 말라서 약간 신경질

적으로 보였다. 영준은 숙부에게서 자신과 닮은 부분을 찾아보려 노력했다. 소생한 후로 한 번도 만난 적이 없는 아버지에 대해 조금이라도 알 수 있지 않을까 하는 생각에서였다. 하지만 알아낸 거라고는 숙모의 목소리를 매일 들으면서도 아무렇지도 않게 밥을 먹을 수 있는 능력의 소유자라는 사실뿐이었다.

식탁에는 지소도 함께 있었다. 지소는 줄곧 다른 생각에 빠져 멍하니 젓가락질만 하고 있었다. 영준이 맞은편에 앉아 있는 것을 신경도 쓰지 않는 것처럼 보였다.

'되게 안 닮았네.'

영준은 무심코 생각했다.

지소는 숙부와 숙모 중 누구와도 닮지 않았다. 굳이 닮은 점을 찾자면 숙부처럼 과묵하다는 점이랄까. 하지만 숙부의 과묵함은 천성인 반면, 지소는 그저 딴 생각에 빠져 있어서 대화에 끼어들지 못하는 것 같았다. 그렇다고 지소가 사촌인 영준과 닮은 것도 아니었다. 영준은 또래에 비해 키가 크고 팔뚝과 발목이 두터웠지만 지소는 모든 것이 다 가늘었다.

'어디 가서 한 가족이라고 하기도 힘들겠다.'

영준은 이 자리가 조금 불편했다. 퇴원해서 처음으로 피가 통하는 가족과의 식사가 어색하다 못해 마치 바늘방석에 앉아 있는 기분일 줄이야. 영준은 빨리 방으로 돌아가고 싶었다.

영준이 저택에 돌아온 후로 유일하게 좋아한 공간은 자신의 방이었다. 영준의 방은 저택의 규모에 비해 좁은 편이었다. 침대가 하나, 단출한 책상 하나 그리고 책이 꽉 들어찬 책장 하나, 욕실로 통하는 문과 테라스가 확 트여 있는 것만 빼면 일반적인 학생의 공부방 같은 분위기였다. 그것이 오히려 영준에게는 편안했다. 3층 구석에 있는 방이어서 조용한 것도 마음에 꼭 들었다. 윤집사의 말에 따르면 영준이 직접 선택한 방이었다고 한다.

'죽었다 깨어났지만 취향이 어디 변하겠어?'

영준은 아직 소생 수술을 받기 전의 자신이 어땠는지 알지 못했다. 하지만 지금의 자신과 크게 다르지 않을 거라고 생각했다. 적어도 어떤 것을 좋다 싫다 판단하는 기준은 여전할 것이다. 고기를 좋아하고 콩을 싫어한다. 조용하고 단조로운 것이 좋고, 화려하고 복잡한 것은 부담스럽다. 예전의 자신도 귓속으로 파고드는 높은 톤의 목소리를 좋아하지 않았을 거라고 확신했다.

"네가 어렸을 때 친엄마보다도 날 따랐는데……. 그것도 기억 안 나니?"

숙모는 가식으로 가득 찬 표정으로 영준을 바라보았다. 하필이면 영준이 입 안에 밥을 가득히 욱여넣었을 때였다. 정말로 사이가 좋았다면 굳이 어린 시절을 운운할 필요가 없지 않을까? 왜 이제 와서 가문의 후계자인 영준에게 잘 보이려고 하는 것일까?

영준은 입 안에 든 것을 서둘러 삼키고 대답했다.

"그랬었나요? 병문안을 오지 않으셔서 저와 사이가 좋지 않은 줄 알았어요."

"무슨 말을 그렇게 하니? 너무 바빠서 도저히 시간을 낼 수가 없었
단다. 그리고 입원했을 때 찾아가 봤자 네 정신만 사납지 않았겠니?"

그 말에는 영준도 동감이었다. 숙모가 찾아왔다면 도망칠 수도 없
는 병실에서 높은 톤의 목소리를 듣느라 곤혹스러웠을 것이다. 하지
만 그 말은 결코 영준이 납득할 만한 변명이 되지 못했다.

영준은 숙모의 뽀얀 얼굴을 바라보았다. 저택 밖으로는 한 발짝도
나가지 않은 사람처럼 어디 하나 탄 구석이 없었다.

"소식 들었을 때 얼마나 놀랐는지 아니? 너도 참, 그렇게 사람을 걱
정시키면 어떡하니? 정말 심장이 철렁했단다. 숨이 멎었다는 말을 듣
고 나까지 숨이 멎는 기분이더라. 게다가 그런 식으로……."

그때까지 조용히 있던 숙부가 숙모의 팔을 잡았다.

"쉿, 막 퇴원한 애한테 쓸데없는 말 하지 마."

영준은 '아차' 하는 표정이 숙모의 얼굴에 번지는 것을 놓치지 않았
다.

"제가 어쩌다가 죽었나요?"

갑자기 숙부와 숙모의 수저질 소리가 멈췄다. 둘 다 놀란 다람쥐 같
은 얼굴로 영준을 바라보았다. 동요하지 않은 사람은 지소뿐이었다.

"그, 그런 게 뭐가 중요하니? 이렇게 살아 돌아왔으면 됐지. 이렇게
다시 보게 되니 참 좋다, 얘."

숙모는 다시 수저를 움직였지만 당황한 기색이 역력했다. 윤집사도

그렇고 숙부 내외도 그렇고, 영준이 자신이 죽은 원인에 대해 묻기만 하면 공기가 무거워졌다. 그렇게 끔찍한 사고였을까?

"기억이 누락된 것은 다 과거에 얽매이지 말고 앞날을 생각하라는 하늘의 뜻일 게다. 그래, 학교는 내일 가 본다고?"

이번에는 숙부가 물었다.

"예, 기억이 되살아날지도 몰라서요."

영준은 수저를 입 안에 넣기 전에 대답했다.

'의사는 소용없는 일이라고 했지만……'

뒷말은 밥알과 함께 목구멍으로 삼켰다.

복학하기 전에 사전 답사 겸 학교에 가 보는 것이 어떻겠냐고 조언한 것은 윤집사였지만 퇴원한 바로 다음 날 가겠다고 결정한 것은 영준이었다. 윤집사는 영준이 너무 서두른다고 생각했는지 바로 복학할 수 있는 것도 아니니 천천히 가라고 만류했다. 하지만 영준은 조금이라도 빨리 학교에 가 보고 싶었다.

영준의 또래들은 집보다 학교에서 더 많은 시간을 보낸다. 당연히 추억도 학교에 더 많이 남아 있을 것이다. 물론 영준의 희망사항일 뿐이었다.

'친한 친구는 없었던 것 같은데……'

친구가 있었다면 아마도 병문안을 오지 않았을까? 아니면 시끄러운 일을 싫어한다는 아버지가 친구의 병문안도 막은 걸까? 병원 침대에 누워 누군가가 찾아오기만을 기다렸던 때가 떠올라 영준은 우울해졌다.

영준은 누군가 나타나 이 상황을 설명해 주길 간절히 바랐다. 자신에게 무슨 일들이 있었는지 알고 싶었다. 아니, 알아야만 한다고 생각했다. 가족은 누구이고, 어떤 친구를 사귀었는지, 어떤 삶을 살아왔는지, 무엇을 할 수 있고 할 수 없는지, 소생하기 전까지 있었던 모든 것들을 하나도 빼놓지 않고 알고 싶었다.

그것은 모두 하나의 질문으로 귀결되는 것이었다.

'나는 대체 누굴까?'

영준은 철학적이고 난해하면서도 지독히 단순한 이 문제의 해답을 얻고 싶었다.

깨어나서 누군가를 기다리던 첫째 날은 뭐가 뭔지 알 수가 없었고, 둘째 날은 두려웠고 셋째 날은 지독하게 외로웠다. 영준은 끊임없이 예전의 자신을 상상했다. 평범한 부모에게서 태어나 평범하게 학교를 다니고 친구들과 어울리는 자신의 모습을. 하지만 그러한 상상도 영준에게 안도감을 주지는 못했다.

만일 그때 누군가 병실에 찾아왔다면 어땠을까? 지금처럼 세상에 혼자 붕 떠 있는 것이 아니라 지면에 단단히 발을 딛고 살아 있다는 확신을 가질 수 있지 않았을까? 그런 누군가가 있었다면……. 그 누군가가 영준이 좋아하지 않는 사람, 이를 테면 숙모였다고 하더라도 둘도 없이 소중한 가족이 되었을지 모를 일이었다.

거기까지 생각하자 영준은 갑자기 기분이 나빠졌다. 영준은 들고 있던 수저를 식탁 위에 내려놓았다. 밥은 아직 많이 남아 있었지만 더 먹어 봤자 체할 것 같았다.

"저 그만 먹을게요."

영준이 식탁에서 일어날 때였다.

"앗!"

나직한 비명소리와 함께 영준의 머리에 물이 쏟아졌다. 정신이 번쩍 들만큼 차가운 물이었다.

깜짝 놀라 옆을 보니 영준보다 두어 살 많아 보이는 여자 하인이 물주전자를 든 채 서 있었다. 저택에 막 들어올 때 윤집사가 세탁물을 가져오라고 시킨 하인이었다. 이름이 미선이었나?

"어머머머, 웬일이니? 미선이 넌 정신머리를 어디다 빼놓고 다니는 거니? 조심하지 않고! 영준아, 괜찮니?"

숙모는 말로만 호들갑을 떨고 있었다. 반면에 숙부와 지소는 아무 일도 아니라는 듯이 식사를 계속하고 있었다.

'최악이야.'

미선의 표정이 굳은 걸 보니, 영준에게 고의로 물을 뿌린 것은 아닌 것 같았다. 물주전자를 가지고 서 있던 중에 갑자기 일어나던 영준과 부딪친 모양이었다. 영준은 머리카락 끝에서 떨어지는 물방울이 발치로 뚝뚝 떨어지는 것을 눈으로 좇다가 씨익 웃었다.

"네, 괜찮아요. 옷……"

그때 미선이 그 자리에 털썩 무릎을 꿇었다.

"자, 잘못했어요! 도련님……."

미선의 얼굴은 하얗다 못해 새파랗게 변해 있었다. 미선은 사시나무처럼 덜덜 떨면서 영준의 바지자락을 붙잡았다.

"잘못했어요. 잘못했어요. 때리셔도 괜찮아요, 제발 쫓아내지만 말아 주세요. 여기서 쫓겨나면 갈 곳이 없어요. 동생들 학비도 대야 하고……. 그러니까 제발……."

영준은 머리를 한 대 얻어맞은 기분이었다. 물을 엎지르는 정도의 단순한 실수 때문에 애걸복걸하는 미선이 이해가 되지 않았다. 페인트나 염산이었다면 또 모를까. 영준이 뒤집어쓴 것은 고작 맹물이었다. 주스나 과일주처럼 옷에 물이 들지도 않는 맹물. 젖어서 약간 불쾌하기는 했지만 말리면 되는 일 아닌가?

영준은 울먹이며 애원하는 미선의 얼굴에 떠오른 표정을 읽었다. 그것은 틀림없는 공포였다. 진심으로 쫓겨날지도 모른다고 생각하고 있는 것이다.

"뭐 하는 게냐?"

소리가 밖까지 들렸는지 윤집사가 식당으로 들어왔다.

"글쎄, 미선이가 영준이한테 물을 쏟았지 뭐예요? 어떻게 매번 실수를 하나 몰라? 이게 다 주의력이 없어서 그렇지. 안 그래요?"

영준 대신 숙모가 끼어들었다. 숙모는 여전히 의자에 엉덩이를 딱 붙이고 앉은 채였다.

그 말에 미선이 입술까지 떨면서 일어섰다.

"윤집사님, 전……."

"나가 있거라."

"집사님, 하지만 여기서 쫓겨나면 전……."

"나가 있으래도!"

윤집사의 말에 미선은 주저주저하다가 식당 밖으로 나갔다. 윤집사는 타월로 영준의 머리를 닦아 주며 말했다.

"죄송합니다, 도련님. 앞으로는 이런 불미스러운 일이 일어나지 않도록 단단히 주의를 주겠습니다. 바로 마른 옷을 준비해 드릴 테니 방으로 가시지요."

"네……."

영준은 찜찜한 기분으로 윤집사를 따라 나왔다.

옷이 젖은 김에 샤워를 했지만 옷을 갈아입은 후에도 찜찜한 기분은 가시지 않았다. 영준은 침대에 드러누운 채 스마트폰의 메모 어플을 열었다. 오늘 날짜의 메모장에는 저녁 식사 전에 입력한 글자들이 반짝이고 있었다.

퇴원. 집사 할아버지한테 폰을 받았다.

집에 왔다. 집 완전 큼. 일하는 사람도 많다. 방은 맘에 든다.

사촌 지소와 만났다. 동갑 여자앤데 바보같이 존댓말을 써

버렸다. 걔가 날 싫어하나?

집사 할아버지한테 내가 어떻게 죽었는지 물었지만 대답을

듣지 못함. 뭔가 이유라도?

영준은 그 아래에 저녁 식사 시간에 있었던 일들을 적기 시작했다.

작은 아버지, 작은 어머니 그리고 지소와 밥을 먹었다.
작은 아버지는 키가 크고 마름. 별로 말이 없으심.
작은 어머니는 둥글둥글한 인상, 목소리 완전 쨍쨍함.
앞으로 같이 식사하는 건 싫은데······.
내가 어떻게 죽었는지는 아직까지 알아내지 못했다. 작은 아
버지랑 작은 어머니도 말 안 해 줌.
식사 중에 일하는 누나가 실수로 나한테 물을 엎었다. 일하
는 누나가 막 사과하는데 이상했다. 집사 할아버지가

미선과 윤집사에 대해 적던 손이 멈칫했다. 영준은 왜 그렇게 찜찜
한 기분이 들었는지 깨달았다. 사소한 실수에 벌벌 떨던 미선 보다
영준의 마음에 걸린 것은 윤집사의 태도였다. 얼핏 보면 미선을 꾸짖
은 것처럼 보였지만 결과적으로는 미선이 그 자리에서 빨리 빠져나갈
수 있게 도와 준 셈이었다. 윤집사는 왜 그렇게 행동한 걸까?
영준의 머리에 떠오른 것은 한 가지뿐이었다. 내가 해코지라도 할
까 봐?
"무슨 생각을 하는 거야? 그럴 리가 없잖아. 세상에 누가 물 엎지

른 것 가지고……."

영준은 머리를 세차게 흔들며 말꼬리를 흐렸다. 자신을 올려다보던 미선의 얼굴이 떠올랐다.

공포.

미선은 정말로 영준을 두려워하고 있었다. 미선만이 아니었다.

'왜?'

아마도 그것은 영준이 아직 알지 못하는 과거와 연관이 있을 것이다. 영준은 스마트폰을 한 손에 쥔 채로 천장을 노려보았다.

'난 대체 어떤 사람이었던 거지?'

영준은 집에 돌아오면 모든 의문이 풀릴 거라고 생각했다. 하지만 더 많은 의문들이 생겨나고 있었다. 답답함과 불안이 영준의 마음속에서 끊임없이 고개를 들이밀었다.

영준은 자신에 대해 아무것도 기억하지 못한다는 것이 두려웠다. 이대로 있어서는 안 된다. 누군가에게 물어봐서라도 내가 어떤 사람인지 알아야만 한다.

"하지만 누구한테 물어보지?"

제일 먼저 떠오른 사람은 윤집사였다. 하지만 곧 윤집사에게 물어봤자 소용이 없을 거라는 생각이 들었다. 윤집사가 병원에 찾아왔을 때에도 영준은 이미 여러 가지를 물어봤지만 윤집사가 가르쳐 준 것은 영준의 집안과 재산뿐이었다. 나머지는 불필요하다고 생각한 것인지, 아니면 자신에게 알리길 꺼려한 것인지 알 수 없다.

숙부나 숙모도 안 된다. 그들도 최소한의 정보 이외에는 아무것도 알려 주려고 하지 않았다. 그것마저도 사실인지 확신할 수 없는 내용들이었다.

'예전의 나에 대해 전부 다 말해 줄 사람이 없을까? 가급적이면 비슷한 또래로?'

역시 학교에 가서 찾아봐야 할지 고민하다가 영준은 자리에서 벌떡 일어났다. 있었다, 단 한 사람. 동등한 위치에서 영준을 봐 왔을 사람은 바로 지소였다.

'넌 네가 어떻게 죽었는지도 모르지?'

지소는 영준에게 호의적이지 않았지만 그렇다고 거짓말을 할 것 같지도 않았다. 적어도 영준의 비위를 맞춘다고 사실을 왜곡해서 말하지는 않을 것이다.

영준은 망설임 없이 밖으로 나갔다.

'아래층이랬지?'

영준은 윤집사에게 지소의 방이 어디인지 들어서 알고 있었다. 하지만 운이 없게도 계단을 내려오자마자 복도의 창문을 닫고 있던 윤집사와 마주치고 말았다.

"무슨 일이십니까?"

"지소한테 물어볼 게 있어서요."

그 말에 윤집사가 복도의 괘종시계를 흘끗 바라보았다. 시곗바늘은 열 시가 조금 지난 시각을 가리키고 있었다.

"늦은 시간입니다. 한 가족이라도 실례가 되는 일이니, 급한 일이 아니시라면 나중에 찾아가시지요."

"잠깐이면 되는데요."

"지소 아가씨는 이미 잠자리에 드셨을 겁니다. 게다가 내일은 도련님께서도 학교에 가 보신다 하셨으니 일찍 쉬시는 편이 좋겠습니다."

영준은 세상에 어떤 고등학생이 열 시에 자냐고 되묻고 싶었지만 윤집사가 웬만해서는 길을 비켜 줄 것 같지가 않았다. 하는 수 없이 영준은 다시 방으로 돌아올 수밖에 없었다.

'그래, 내일 아침에 물어보면 되니까……'

사실 영준도 좀 피곤했다. 오늘 하루, 새롭지만 사실은 새롭지 않았을 것들을 접하느라 종일 신경이 곤두서 있었다. 하지만 불을 끄고 침대에 누우니 잠이 오기는커녕 오히려 눈이 더 말똥말똥해졌다.

두려움에 찬 미선의 시선과 윤집사의 떨떠름한 표정, 의사와 간호사가 애매하게 웃던 얼굴, 숙모의 가식 어린 미소, 무심한 숙부의 얼굴이 한데 엉겨 머릿속을 어지럽게 떠다녔다. 지소가 비꼬듯 내뱉은 말들도 그 속에서 쉴 새 없이 메아리쳤다.

'기억이 없다고? 그것 참 편리하겠네.'

도저히 잠을 잘 수 있을 것 같지 않아서 영준은 테라스의 문을 열었다.

드르륵, 유리문이 열리자 약간 쌀쌀한 공기가 혼란한 머리를 식혀 주었다. 영준은 난간에 몸을 기댄 채 주위를 바라보았다. 달도 뜨지 않아서인지 모든 것이 낯설고 어두웠다. 정원에 세워진 가로등의 주변만 희미하게 빛날 뿐, 빛이 닿지 않는 곳은 전부 어둠 속에 가라앉아 있었다.

영준은 문득 희부연 빛이 아래쪽에서 새어나오는 것을 깨달았다. 난간 너머로 내려다보니 바로 아래층 옆방의 불이 켜져 있었다. 지소의 방이었다.

'아직 안 자잖아?'

왠지 억울했다.

문득 짓궂은 생각이 떠올라 영준은 난간 너머를 자세히 살폈다. 건물의 벽면에는 발 디딜 만한 곳이 제법 많았다. 우선 벽을 타고 옆방으로 넘어간 후에 테라스 난간을 잡고 아래층 지소의 방에 딸려 있는 테라스로 뛰어내리면 될 것 같았다.

'좋아!'

잠시 후, 영준은 난간에 서서 자신의 결정을 후회했다. 벽에 몸을 바짝 붙이고 한 뼘도 안 되는 좁은 난간을 따라 걷는 것은 생각했던 것보다 훨씬 힘들었다. 손과 발에 땀이 나서 조금만 비틀거려도 미끄러질 것만 같았다.

3층이 이렇게나 높았나? 여기서 떨어지면 어떻게 될까? 아래에 수풀이라도 있으면 좋겠는데 여기서는 뭐가 있는지 잘 보이지 않는다. 크게 다치겠지? 또 소생 수술을 받는 것은 싫다! 다시 방으로 돌아가고 싶은 마음이 굴뚝같았지만 이미 반을 건너온 상황이었다. 이렇게 된 이상 옆방 테라스까지 가는 수밖에 없었다.

다행히 영준은 무사히 옆방 테라스에 도착할 수 있었다. 벽면을 따라 걸을 때만 해도 영준은 여기에 도착하기만 하면 복도로 나가서 다시 자신의 방으로 돌아가겠다고 마음먹었다. 하지만 막상 도착하고 보니 오기가 생겼다.

'이제 아래로 내려가기만 하면 되잖아.'

영준은 양팔로 난간 기둥을 붙잡고 매달렸다. 매달리는 것은 건물의 비좁은 난간을 따라 걷는 것보다 더 힘들었다. 영준은 아래를 내려다보며 아래층 테라스의 난간으로 발을 뻗었다. 닿을 것 같으면서도 잘 닿지 않았다.

좀 더 발을 뻗어 보았다. 차가운 대리석의 감촉이 발가락 끝에 느껴졌다.

'됐다!'

그 순간이었다. 발바닥에 맺힌 땀 때문에 난간에서 미끄러졌다.

"으악!"

하마터면 영준은 난간 밖으로 떨어질 뻔했다. 다행히 누군가가 테라스 안쪽에서 영준을 잡아당겼기 때문에 추락하지 않았다.

"뭘 하는 거야?"

영준을 잡아당긴 사람은 지소였다. 영준은 난간에 부딪친 엉덩이가 눈물 나게 아파서 대답도 못하고 엉덩이를 문지르기만 했다.

"이상한 소리가 들려서 나와 봤더니……."

지소는 어이없다는 식으로 말했지만 표정이 멍해서 전혀 그렇게 보이지 않았다.

윤집사의 말처럼 한참 전에 잠자리에 들었어야 할 지소는 잠옷조차 입고 있지 않았다. 간편한 티셔츠에 반바지 차림이었다.

"고, 고마워. 덕분에 살았어."

영준은 아픔이 어느 정도 가시자 입을 열었다. 지소는 팔짱을 낀 채 주저앉아 있는 영준을 내려다보았다.

"벽 타는 거 질리지도 않니?"

"내가 전에도 벽 타고 네 방에 왔어?"

영준의 말에 지소가 눈썹을 찡그렸다.

"지소 누나라고 불러."

"동갑이라고 들었는데?"

지소는 혀를 찼다. 영준이 몰랐다면 계속 누나라고 우길 생각이었던 걸까? 그런 건 아무래도 좋았다. 전에도 벽을 타고 왔다는 말 때문에 문득 떠오르는 게 있었다.

"나 혹시 벽 타다 죽은 거였어?"

"아니야!"

지소가 버럭 소리쳤다. 영준은 지소도 그렇게 소리를 지를 수 있다는 사실을 처음 알았다.

"이런 식으로 밤중에 찾아오는 건 그만둬 줄래? 다른 사람들한테 오해받기 싫어."

"왜? 사촌이잖아?"

"나 양녀야."

순간, 영준은 지소가 왜 숙부, 숙모를 닮지 않았는지 그 이유를 알 수 있었다.

"남친도 있는데 너랑 스캔들이라도 났다간 최악이라고."

"남친이 있어?"

어째서인지 영준에게는 지소가 양녀라는 말보다 남자친구가 있다는 말이 더 충격적이었다. 지소가 예쁘장하기는 했지만 남자친구가 있을 것 같은 분위기는 아니었다. 애교를 부릴 줄도 모를 것 같았고 남자친구를 특별히 배려해 줄 것 같지도 않았다. 지소는 이성 친구에 관심이 하나도 없을 것 같은 타입으로 보였다.

"알았으면 앞으로는 낮에 문을 통해서 들어오도록 해. 또 심심하다고 벽 타지 말고."

"자, 잠깐! 심심해서 온 거 아니야."

영준은 지소에게 질문할 것이 있었다. 하지만 지소의 다음 말을 듣고 할 말이 쏙 들어가고 말았다.

"널 걱정해서 하는 말이야. 격한 운동은 위험해. 네 심장, 새로 만들었으니까."

영준은 귀를 의심했다.

"새로 만들다니?"

"총탄이 뚫고 지나가면서 박살 났대."

영준은 입을 다무는 것을 잊어버렸다. 심장이 철렁 내려앉는 것 같았다. 소생한 이후, 그 어느 때보다도 큰 충격이었다.

"총? 총이라고?"

평범한 고등학생이 총에 맞아 죽었다고? 그동안 영준이 나름대로 상상했던 자신의 죽음의 장면에서 총상은 없었다.

"넌 운이 좋은 편이야. 너희 집안은 유전적으로 개체 복제의 성공률이 낮거든. 네가 소생한 것은 기적이야. 새로 만든 심장은 원래의 심장보다 약하다니까 조심해."

지소가 덧붙여 설명했지만 영준의 귀에는 거의 들리지 않았다.

"왜……, 어쩌다가 내가 총에 맞은 건데?"

그때 노크 소리가 들렸다.

"아가씨, 저 정연이에요. 편지 가져왔어요."

문 밖에서 목소리가 들리자 지소의 얼굴이 환해졌다. 지금까지 자지 않고 편지를 기다리고 있었던 것 같았다. 지소가 뛰는 듯한 걸음으로 문으로 다가가자 영준은 황급히 지소의 팔목을 붙들었다.

"난 어쩌라고! 오해받기 싫다며!"

영준이 밖에 들리지 않게 작은 소리로 외쳤다.

지소가 인상을 찌푸리고는 테라스의 유리문을 가리켰다.

"옆방을 통해서 나가!"

"이대론 못 가! 난 나에 대해 물어보려고 온 거야. 너밖에 말해 줄 사람이 없잖아. 그 고생을 해서 왔는데 이렇게 가라고?"

"아가씨, 주무세요? 문 좀 열어 주세요."

지소의 눈썹이 씰룩거렸다. 영준이 가려고 하지 않자 난처해했다. 지소는 테라스 쪽으로 영준을 재빨리 밀치며 속삭였다.

"책장 세 번째 칸. 나머진 네가 더 잘 알아."

"그게 무슨 말이야?"

"어리광 부리지 마. 네가 숨어들어 온 걸 어른들에게 일러바치면 좋겠니?"

그렇게 말하고 지소는 얼른 방문을 열어 버렸다.

'아, 대체 뭐야……?'

커튼 뒤로 숨은 영준이 조심스레 틈으로 방 안을 훔쳐보니 지소는 하인에게서 편지를 받았다. 두 사람의 대화는 들리지 않지만 지소의 표정이 매우 밝았다.

'남친 편지인가?'

그럴지도 모른다. 영준은 쪼그리고 앉아 머리칼을 움켜쥐었다.

'나 지금 뭘 하고 있는 거야?'

대화는 길어지는 분위기였다. 영준은 하는 수 없이 지소가 가리킨 옆방의 문을 조심스레 열었다. 널브러져 있는 소지품을 보니 숙부와 숙모가 쓰는 방인 것 같았다. 다행히 둘 다 방 안에는 없었다. 그러니까 지소가 이리로 빠져나가라고 한 거겠지만.

그곳에서 영준이 자기 방으로 돌아오는 데는 얼마 걸리지 않았다.

"결국 아무것도 얻은 게 없네."

영준은 불도 켜지 않은 채 침대에 벌렁 드러누워 버렸다. 돌아오는 길에 누군가를 만날까 긴장한 탓에 아직도 심장이 쿵쿵 뛰었다. 영준은 가슴에 손을 얹었다. 총알이 자신의 심장을 박살 냈다는 것이 도저히 믿기지 않았다.

'총상이라……'

영준은 스마트폰을 꺼내 알아낸 사실들을 입력했다.

> 두 번 다시 벽을 타면 내가 사람이 아니다.
>
> 지소를 만나는 데 성공. 양녀라서 안 닮은 거였다. 남친 있음.
>
> 지소는 내가 총에 맞아 죽었다고 함. 정말일까?
>
> 알아낸 것 거의 없음.

'그러고 보니 이상한 소릴 했지? 책장 세 번째 칸이랬나?'

영준은 침대에 누운 채로 고개를 돌렸다. 스마트폰의 불빛 덕분에 책상 옆에 무겁게 서 있는 책장이 희미하게 보였다. 설마 저 책장을 말하는 걸까? 영준은 침대에서 일어나 불을 켰다.

책장에는 교과서와 영준의 취향일 것 같은 흥미 위주의 책들이 대부분이었다.

'세 번째 칸……'

세 번째 칸에는 논술 대비용처럼 보이는 문학 전집이 꽂혀 있었다.

영준은 책을 모두 꺼내 세 번째 칸을 비웠다. 그러고는 꺼낸 책들을 넘겨보았지만 비상금 3만원만 발견했을 뿐이었다.

영준은 고개를 갸웃거렸다.

'이 책장이 아닌가? 이렇게 넓은 집에 책장이 한두 개가 아닐 텐데……. 그 계집애, 나 골탕 먹이려고 거짓말한 거 아니야?'

별 수 없이 영준은 빼낸 책들을 다시 책장에 꽂기 시작했다. 문학 전집의 6권, 7권, 8권을 한꺼번에 잡고 꽂을 때, 영준은 특이한 점을 발견했다. 7권만 책등 위쪽에 가느다란 상처가 있었다. 마치 날카로운 것으로 한 번 슥 그은 것 같은 상처였다. 상처의 깊이로 볼 때 양옆의 다른 책에도 손상이 갔을 것 같은데 6권과 8권에는 상처가 없었다.

'어? 혹시!'

영준은 다른 책들을 살펴보았다. 역시 7권처럼 책등에 상처가 있는 책이 또 있었다. 9권, 17권, 22권이었다. 책등에 난 상처는 굵기와 깊이가 약간씩 달랐다.

영준은 책등의 상처가 이어지도록 책을 배열해 보았다. 책의 두께 때문에 길이는 제각각이었지만 영준의 예상대로 모두 하나로 이어지는 상처였다. 상처는 한쪽에서 갑자기 뚝 끊겨 있었다. 모양으로 보아 한 권이 더 있어야 할 것 같았다.

혹시라도 빼놓은 것이 있나 싶어 영준은 책장에 꽂아 놓은 책들을 살펴보았다. 그러다가 문득 책장 세 번째 칸 가장자리에 희미한 흠이 있는 것을 발견했다. 영준은 상처가 연결되도록 배열한 책을 책장 가장자리에 맞춰 보았다.

빙고!

책장의 흠과 책의 흠은 정확히 일치했다.

달칵!

무언가 움직이는 소리에 영준은 책장 옆을 살펴보았다. 세 번째 칸의 받침대에 무언가가 튀어나와 있었다.

서랍이었다. 책장의 특정한 부위에 정해진 무게가 놓이면 열리는 방식인 것 같았다. 서랍 안에 있는 것은 얇은 노트 한 권이었다. 노트는 안의 종이들을 분리할 수 있는 형태였고 작은 똑딱 단추로 책장을 여닫게 되어 있었다.

딱! 소리와 함께 영준은 단추를 열고 노트를 펼쳤다.

3월 2일

새 학년이 되어서 일기장을 바꿨다.

3반이 되었다. 안현민과 같은 반이어서 좋았는데, M 녀석도 같은 반이라는 걸 알고 기분이 상했다. 자리는 떨어져 있었지만 녀석과 한 반에서 숨 쉴 생각을 하니 엿 같은 한 해가 될 것 같다. 하필이면 왜 저 녀석이지?

담임도 깐깐한 수학이 맡아서 배로 곤란할 것 같은 느낌.

3월 3일

담임이 깐깐할 줄 알았더니 복병은 따로 있었다.

새로 온 윤리 선생 완전 짱나!

수업 시간에 폰 좀 본다고 지랄을 해 댄다.

나중엔 부모 후광 믿지 말고 제대로 공부를 해야 되지 않겠냐고 설교까지 하는데 와, 미쳐 돌아 버리는 줄 알았음.

그것 외에는 쏘쏘한 하루였다.

박준수와 친해져서 점심시간에 같이 옆 반 녀석들이랑 농구를 했다. 박준수는 농구부답게 실력이 좋다. 옆 반 녀석들이 기도 못 피는 게 보여서 즐거웠다.

3월 7일

4교시 국어는 올해 들어 가장 지루한 수업이었다. 덕분에 폭풍 수면을 함.

점심시간에 마빡이 이곽우 그 자식이 내 얼굴 보고 뭐라 해서 갈궈 줬다. 이만하면 잘생긴 거 아닌가? 지는 마빡 튀어나온 주제에.

1등 안현민이 방과 후에 여고 애들이랑 소개팅이 있다고 함. 과외가 있어서 거절했다. 그놈은 매번 노는데 성적이 잘 나오는 게 신기하다.

3월 8일

하교하는 데 비가 와서 준수가 집까지 태워 달라고 했다. 차를 타고 가는 내내 준수는 이번에 발매된다는 게임 얘기만 했다. 어지간히도 게임이 좋은 모양이다. 프로게이머가 될 생각이냐고 물어봤는데 아니라고 해서 의외였다.

집에 오니 아버지가 계셔서 간만에 함께 식사를 했다. 좋아하는 너비아니가 나왔는데 밥맛이 없었다.

일기였다.

앞장부터 차곡히 적힌 문장들은 간략했지만 모두 또박또박 쓰여 있었다. 영준은 일기의 글씨와 문체가 모두 지금과 똑같다는 것을 깨달았다. 묘한 기분이었다. 지금의 영준이 스마트폰에 메모하는 것처럼 이전에도 영준은 일기를 써 왔다. 과거의 자신과 지금의 자신에게서 처음으로 느끼는 동질감이었다.

하지만 영준은 페이지를 넘겨보고는 곧 이상한 점을 깨달았다. 일기가 3월 중순에서 갑자기 4월로 건너뛰거나 중간의 며칠이 사라져 있는 등 누군가가 일부분을 일부러 빼놓은 것처럼 보였다.

'어째서?'

영준은 마지막 장에서 심장이 쿵하고 내려앉는 충격을 느꼈다. 거기에는 이제까지의 또박또박한 글씨와는 다른, 마구 휘갈겨 쓴 문장이 있었다.

누군가 날 죽이려 하고 있어!

정체불명의 편지

다음 날 아침, 식탁 앞에 앉은 영준의 얼굴은 처참할 정도로 퀭했다. 영준은 먹음직스럽게 놓여 있는 샌드위치에는 손 하나 대지 않고 커피만 홀짝거렸다. 윤집사말로는 영준이 평소에 좋아하던 샌드위치라는데 입맛이 없어서 도저히 먹을 생각이 들지 않았다.

아침 식사를 하기에는 조금 늦은 시간이라 식당에는 윤집사와 영준뿐이었다. 지소는 일찌감치 학교에 가 버렸고, 숙부 내외는 아직 잠들어 있었다. 정시에 식당에 와도 혼자 식사를 하는 것은 변함 없었다.

쓴 커피를 목으로 넘기고 나서도 입맛이 돌아오지 않자 영준은 식사를 포기하고 자리에서 일어섰다.

"그만 드시는 겁니까?"

"네…… 아직 적응이 안 됐나 봐요."

"오늘 학교에는 언제쯤 가실 생각이십니까? 오후에 가실 수 있도록 준비해 둘까요?"

"그, 그래 주시면 감사하고요."

영준은 윤집사의 떨떠름한 표정을 뒤로 하고 식당을 나왔다.

'그게 대체 무슨 말일까?'

영준은 1층 테라스의 통풍이 잘되는 자리에 앉아 스마트폰을 만지작거렸다. 그러면서 지난밤 일기장에서 발견한 글을 떠올렸다.

누군가 날 죽이려 하고 있어!

급하게 휘갈겨 쓴 글자는 그 내용만큼이나 절박해 보였다. 언제 남긴 것인지 날짜가 적혀 있지 않아서 알 수 없었지만 다른 일기의 날짜로 미루어 보거나, 마지막 일기라는 것을 생각한다면 영준이 죽기 하루나 이틀 전에 적은 것 같았다.

자신이 죽기 전 그런 글을 남겼다는 사실에 영준은 매우 심란했다. 침대에 누워 잠을 청해 보려고 애를 썼지만 그럴수록 두 눈은 말똥말똥해졌고 온갖 상념과 불안이 머릿속을 헤집었다. 창문이 하얗게 밝아 왔을 무렵에야 겨우 눈을 붙일 수 있었다.

영준은 사인을 물어볼 때마다 주변 사람들이 눈에 띄게 대답을 회피했던 것을 떠올렸다. 어제까지만 해도 사람들이 대답을 피하는 이유가 아주 끔찍한 사고였기 때문이라고 생각했다. 하지만 그런 게 아니었다면?

"난 정말로 살해당한 걸까?"

문득 두려움이 밀려왔다.

다시 살아난 후 자신이 기억을 잃었다는 사실을 깨달았을 때에도 영준은 두려웠다. 하지만 그것은 지금 영준이 느끼는 두려움에 비하면 새 발의 피였다.

누군가가 자신을 죽이고 싶을 정도로 미워했다는 사실이 끔찍했다. 그것을 실행에 옮겼다는 사실이 또 두려웠다. 무엇보다 두려운 것은 그 이유를 자신이 모른다는 사실이었다.

'만약에 내가 살해된 거라면 누가 날 죽인 길까? 범인은 잡혔을까? 아니면 아직도 내 주변에 숨어 있을까?'

의문이 꼬리에 꼬리를 물고 일어났다.

'왜 나를 죽였을까?'

그때 복도 쪽에서 소란스러운 소리가 들렸다.

"구급차! 구급차를 불러!"

무슨 일인가 싶어 영준은 복도로 나갔다. 두세 명이 황급히 식당 쪽으로 달려가고 있었다. 영준도 식당으로 달려갔다.

"아이고, 이걸 어쩜 좋아!"

어쩔 줄 모르고 주저앉아 있는 식당 아줌마 옆에 한 사람이 바닥에 쓰러져 고통스럽게 목을 긁고 있었다. 숨이 잘 쉬어지지 않는지 입에 거품을 물고 꺽꺽 소리를 내는데, 낯빛 또한 시커멨다. 문득 그 사람과 눈빛이 마주친 순간, 영준은 깜짝 놀랐다. 지난 저녁에 실수로 영준에게 물을 엎었던 미선이었다.

미선도 영준을 알아보고 손을 들어 영준을 가리켰다.

"어……, 억!"

미선은 뭔가 말하고 싶은 듯 영준에게 연신 입을 뻐끔거렸지만 목소리는 나오지 않았다.

"구급차보다는 차로 가는 게 더 빠를 것 같아요!"

영준의 앞에 있던 하인이 다급하게 외치며 미선을 황급히 둘러업었다. 그러고는 쏜살같이 미선을 데리고 나갔다.

"이게 대체 무슨 일이래? 아줌마, 미선이 뭐 잘못 먹었어요?"

다른 하인이 주저앉아 있던 식당 아줌마를 일으켜 세우며 물었다.

"글쎄, 샌드위치를 먹자마자 쓰러져서는……."

그 말에 영준은 무심코 식당에 있는 작은 탁자 위로 눈을 돌렸다. 간담이 서늘해졌다. 탁자 위에 있는 것은 영준이 아침에 먹지 않고 놔 두었던 샌드위치 접시였다.

'독이 들어 있었던 거야!'

영준은 속으로 중얼거렸다.

그 샌드위치는 본래 영준이 먹었어야 할 것이었다. 그렇게 생각하자 무릎이 후들후들 떨렸다.

'아니야, 착각일지도 몰라. 증거도 없잖아. 설마 정말 독이 들어 있었겠어? 미선이 쓰러진 것은 급성 위염이라든가, 심장마비라든가, 간

질 발작이 하필 샌드위치를 먹자마자 일어난 것일 수도 있다고.'

영준은 애써 떨리는 몸을 진정시키며 스스로를 설득하려 애썼다. 하지만 이 불안한 느낌은? 미선이 저택 밖으로 실려 나가는 것을 지켜보다가 영준은 황급히 테라스로 돌아왔다. 그리고 방금 전까지 앉아 있던 의자에 다시 엉덩이를 붙였다.

그리고 그때 그것을 발견했다.

테이블 위에 놓고 나간 영준의 스마트폰 아래 하얀 편지 봉투가 놓여 있었다. 영준이 그 자리에 앉아 스마트폰을 만지작거릴 때에는 없던 것이었다. 잠시 자리를 비운 새에 누군가가 가져다 놓은 것일까? 영준은 불안하게 편지 봉투를 집었다. 받는 이의 이름이 적혀 있지 않았지만 영준은 그 편지가 자신에게 온 거라는 확신이 들었다.

밀봉되어 있지 않은 봉투 안에서 여러 장이 한꺼번에 접힌 종이가 나왔다. 영준은 종이를 펴서 첫 장을 읽어 보았다.

3월 25일
정말이지 재수 없는 하루였다.
오늘은 시에서 큰 행사가 있었는데

첫 세 줄만 읽고 영준은 얼굴이 새파랗게 질려서 황급히 종이를 접었다. 종이에 적혀 있는 것은 자신의 일기였다. 어제 발견한 일기장에서 빠진 부분이 틀림없었다. 누가 가져다 놓은 것일까?

72

일기장의 맨 뒤에 적혀 있던 문장과 미선이 실려 나가던 광경이 영준의 머릿속에서 겹쳐졌다. 역시 그것은 우연한 사고가 아니었다.

'누군가 날 죽이려 하고 있어!'

이미 영준은 복도를 내달리고 있었다. 공포로 한바탕 넋이 나가 버린 상태였다. 그저 한시라도 빨리 그 자리에서, 그 집에서 벗어나고 싶었다.

"어딜 가십니까, 도련님?"

영준이 신발도 신지 않고 현관 밖으로 나가자 밖에서 미선을 실은 자동차가 나가는 것을 지켜보고 있던 윤집사가 깜짝 놀라 소리쳤다. 영준은 있는 힘껏 달려서 정원을 빠져나갔다.

잠시 자리를 비운 새에 일기를 가져다 놓은 것은 저택 안에 있는 사람일 것이다. 누군지 몰라도 그 사람은 자신의 목숨을 노리고 있었다. 자신을 죽였을지도 모르는 사람이 한 지붕 아래에 있다는 생각에 영준의 이성은 완전히 무너져 버렸다.

자동차의 뒤를 따라 길을 내려가던 영준은 차를 내보내기 위해 철문이 열릴 때 함께 나왔다.

"도련님?"

운전기사가 외치는 소리를 무시하고 영준은 주위를 두리번거렸다. 자동차가 오르내리는 큰길 외에 사람이 지나다니는 계단이 산 아래로 뻗어 있는 것이 눈에 들어왔다. 영준은 망설임 없이 그쪽으로 달려 내려갔다.

흙 위에 나무판자를 대어 만든 계단은 여기저기 썩어 있는 데다 매우 가파랐다. 하지만 지금 영준의 눈에는 그런 게 보이지 않았다. 영준은 정신없이 내려가다가 하필이면 계단의 아래쪽에서 나무뿌리에 오른발이 걸리고 말았다.

"으아악!"

넘어지지 않기 위해 왼발을 앞으로 내딛었는데 그 바람에 내려가는 속도가 한층 가속되어 도저히 멈출 수 없게 되었다. 미친 듯한 속도로 계단을 내려가는 영준 앞에 웬 자전거가 튀어나왔다.

비키라고 소리칠 틈도 없었다. 영준은 그만 자전거와 부딪치고 말았다.

"우아아악!"

자전거 바퀴가 헛도는 소리와 함께 두 사람이 길바닥에 나뒹굴었다.

"가, 갑자기 튀어나오면 어떡해?"

더벅머리 소년이 끙끙거리며 몸을 일으키더니 소리를 질렀다. 영준은 자신도 모르게 소년의 바지 자락을 붙잡고 매달렸다.

"미, 미안! 하지만 누, 누가…… 누가 날 죽일지도 몰라! 빨리 여기서 벗어나야 해!"

그때까지도 영준은 혼돈에 빠진 상태였다.

"야! 야, 잠깐 이것 좀 놔! 바지 벗겨져!"

"날 죽일 거라고!"

더벅머리 소년은 영준의 상태가 이상하다고 여겼는지 허리춤을 부여잡은 채 영준을 위아래로 훑어보았다.

"알겠어. 무슨 사정인지는 모르겠지만 일단 그 무릎이나 좀 치료하자."

영준은 그제야 자신의 다리를 내려다보았다. 넘어질 때 까졌는지 무릎이 벌겋게 되어 있었다.

더벅머리 소년은 넘어질 때 쏟은 양파와 파를 주워서 비닐봉지에 담았다.

"이쪽에 약수터가 있으니까 따라와."

더벅머리 소년이 휘어진 자전거를 끌고 가는 동안 영준은 절룩이며 그 뒤를 따랐다.

"보기보다 별로 안 다쳤네. 이 정도면 병원에 갈 필요는 없겠다."

더벅머리 소년은 약수를 영준의 상처에 부어 흙을 씻어 낸 후, 가방에서 붕대를 꺼냈다.

"요걸 가지고 다니길 잘했지! 운동할 때 자주 다치거든."

붕대를 감는 폼이 한두 번 해 본 솜씨가 아니었다.

영준은 멍하니 붕대 감는 것을 보다가 문득 더벅머리 소년이 자신과 또래라는 것을 깨달았다. 영준보다는 키가 작은 듯 했고 웃는 표정이 살가웠다. 저택의 사람들과는 달리 걱정거리라고는 하나도 가지고 있지 않은 얼굴에 영준은 자신도 모르게 안도했다.

"여러모로 미안해. 자전거는 변상할게……."

"괜찮아, 괜찮아. 어차피 고물이어서 곧 망가질 거였거든. 양파랑 파는 건졌으니 됐지. 어쩐지 오늘은 달걀이랑 우유가 사기 싫더라니……."

소년은 별거 아니라는 듯 말했다.

"그런데 너는 무슨 일이 있기에 신발도 신지 않고 그 계단을 내려온 거야? 거긴 무너진 데가 많아서 잘못하면 크게 다쳐. 이 동네 사람들이라면 다 아는데……."

"몰라. 전에는 알았더라도 지금은 기억 안 나."

더벅머리 소년이 이상하게 보자 영준은 덧붙였다.

"소생 수술을 받았는데 기억이 누락됐어."

"소생 수술?"

더벅머리 소년이 눈을 크게 떴다.

"아아! 네가 소문의 그 악마 도련님 김영준이구나? 소생 수술의 부작용으로 기억을 잃었다는 소문이 사실이었어!"

"악마 도련님?"

이번에는 영준이 놀랐다. 더벅머리가 '아차' 하며 입을 가렸다.

"아차차……미안해! 아무리 기억이 없다지만 본인한테 그런 험담을 하는 건 좀 그렇지."

"괜찮아! 아니, 오히려 알고 싶어! 그게 대체 무슨 뜻이야?"

영준이 매달리자 더벅머리 소년은 난처함과 의아함이 뒤섞인 표정으로 얼굴을 일그러뜨렸다.

"아니, 아무리 그래도 그런 얘길 처음 본 사람에게 하긴 좀 그렇잖아."

"이름이 뭐야?"

"나? 그냥 민이라고 부르면 돼. 요 앞 절에서 신세를 지고 있어."

더벅머리 소년은 약수터 위쪽에 난 길을 가리켰다.

"아, 너희 집에서 소유하고 있는 절이니까 너희 집 신세를 지고 있는 셈이려나."

"우리 집에서 절도 가지고 있어?"

"절뿐만이 아니야. 신라 최고의 재벌이 바로 너희 집이잖아. 이 일대의 대부분이 너희 집 소유야. 저택 주변의 산과 그 아래 토지가 모두 대대로 너희 집 거래."

"신세를 지고 있다는 말은……, 너 혼자 사는 거야?"

그 말을 하고 나서 영준은 아픈 곳을 찌르는 질문을 했다고 후회했지만 더벅머리 민은 활짝 웃었다.

"응! 굉장하지? 생활비도 스스로 벌고 있어! 덕분에 이것저것 아르바이트를 많이 해야 하지만 말이야. 너희 집 신문이랑 우유도 내가 배달하는 거야."

민이 약간 우쭐하기까지 한 표정으로 말하자 영준도 피식 웃어 버렸다.

"이름 알았으니까 이제 아는 사이인 거지? 그러니까 내가 왜 악마 도련님이라고 불리는지 말해 줘!"

민이 한 방 당했다는 표정을 지었다.

"들으면 후회할지도 몰라."

"그래도 알고 싶어."

어차피 저택의 사람들에게 물어도 영준이 원하는 대답을 들려주지 않았다. 민은 저택 밖의 사람이니까 바깥에서 보이는 영준의 모습을 객관적이면서도 적나라하게 말해 줄 수 있는 사람이었다.

"이거 참, 난감하네. 그걸 본인한테 말하는 건 진짜 아닌데……."

민은 난처해서 덥수룩한 뒤통수를 벅벅 긁었다.

"괜찮아. 기억을 잃기 전의 내 평판이 좋지 않았다는 건 이미 느끼고 있으니까."

영준이 물러설 것 같지 않자 민은 한숨을 푹 쉬고는 입을 열었다.

"음……, 일단 '스싸'라고 알아?"

"그게 뭔데?"

"네 별명이야. '스마일 귀싸대기', 줄여서 '스싸'. 뭐, 누구는 스마일 싸이코의 줄임말이라고도 하는데 그건 아닌 것 같고. 웃는 얼굴로 선생님 귀싸대기를 갈겨서 붙여진 별명이야."

"뭐?"

영준은 잠시 귀를 의심했다. 친구들끼리야 싸우면서 서로의 뺨을 때릴 수 있다고 생각했다. 하지만 선생님의 귀싸대기라니…….

"그거 그냥 소문이지? 아무리 그래도 어떻게 선생님을……."

"진짜야. 전교생이 다 봤는걸? 조례시간에 강당에서 그랬거든."

영준은 할 말을 잃었다.

"이 동네 사람들도 그 얘기는 다 알아. 너희 집에서 입막음을 하긴 했는데 사람들 입이 그렇게 쉽게 막아지는 게 아니잖아. 다들 쉬쉬하면서도 소문이 돌았어. 기억을 잃어도 너희 집이 보통 집이 아닌 건 눈치챘지?"

"으, 응……."

"돈은 썩어 날 만큼 많고, 정치가 집안이라 권력도 있고, 3대 위의 할머니가 구 신라의 왕족이어서 인맥도 빵빵하지. 그야말로 없는 게 없는 집이야. 이 일대에서는 너희 집안 모르면 간첩 소릴 듣는걸. 너희 아버지 이름 하나로 선생쯤은 아무렇지도 않게 그만두게 할 수도 있다고. 실제로 네가 맡은 반은 담임이 두 번 정도 바뀌었어."

"두 번씩이나?"

"그건 아무것도 아냐. 선생님한테도 그러는데 다른 사람에게는 어땠겠어? 네 심기를 건드린 애들은 다음 날 교문 앞에 팬티만 입은 채 매달린대. 그런데 아무도 못 도와줘. 도와준 사람도 같은 꼴이 되니까."

영준은 점점 민의 말을 듣는 것이 두려워졌다. 그것이 자신이 한 일이라는 게 믿기지 않았다.

"같은 반 여자애 입에 걸레를 쑤셔 넣은 적도 있고, 한 번은 수업 중에 옆 반으로 가서 여자애 머리에 물을 끼얹었다고……."

민이 말하다 말고 입을 다물었다. 영준의 얼굴이 무시무시하게 굳어 있는 것을 보았기 때문이었다.

"그, 그러니까 들으면 후회한다고 했잖아. 너 내가 이런 거 얘기했다고 해코지하는 거 아니지?"

민이 걱정스레 묻자 영준은 속이 욱신거렸다. 민의 쭈뼛거림 때문에 지금 한 말들이 진짜라는 것을 더욱 뼈저리게 느낄 수 있었다.

영준은 애써 태연한 척 대답했다.

"안 해. 알고 싶다고 한 건 내 쪽인걸. 그냥 좀…… 놀란 것뿐이야."

"그만둘까?"

민이 그만 이야기하려는 것을 영준이 고개를 흔들며 막았다.

"괜찮아. 더 얘기해 줘. 그 외에는 또 아는 거 없어?"

민은 잠시 생각에 잠긴 것처럼 고개를 들어 나뭇가지들을 올려다보았다. 그러고는 입을 열었다.

"요 아래 슈퍼마켓 위층 단칸방에 세 들어 살던 누나가 있었는데, 가끔 절에 들르기 때문에 나랑 조금 친했어. 대학을 이쪽으로 다니게 되어서 자취를 하고 있었어. 그런데 어느 날 휴학을 하고는 일자리를 찾더라고. 가정 형편이 좋지 않아서 누나는 스스로 등록금을 벌어야 했거든. 어려서부터 안 해 본 일이 없다고 했어.

그 누나가 겨우겨우 찾은 일자리가 바로 너네 집이었어. 급료도 좋고, 자취하는 집에서도 가까운 편이고, 조건이 딱 좋았지. 이런 일자리가 왜 여태 비어 있었는지 의아할 정도로 말이야. 근데 그 누나가 너희 집에 일하러 간다고 하니까 슈퍼마켓 아줌마랑 전파사 아저씨를 비롯해 온 동네 사람들이 말렸어. 그 집엔 악마 도련님이 있으니까 흉한 꼴 보고 싶지 않으면 가지 말라고 당부했지.

그 누나도 항간에 떠도는 네 소문을 들어서 알고는 있었어. 하지만 소문이란 게 보통은 사실보다 크게 부풀려지는 법이잖아. 누나 딴에는 이렇게 생각했겠지. 악마라고 하지만 정말 그 정도로 심하겠어? 다들 만류하는 것도 뿌리치고 그 누나는 너희 집으로 일하러 갔어. 그리고 아마 한 달이 채 되지 않았을 때였을 거야. 그 누나가 머리가 깨져서 병원으로 실려 갔어."

민은 거기서 말을 잠시 끊었다. 영준은 민이 말을 끊은 것이 숨을 돌리기 위해서인지, 자신의 반응을 살피기 위해서인지 알 수 없었다.

"문병 가서 들었는데 항아리로 맞아서 머리가 깨진 거래. 서른 바늘을 꿰맸다고 하더라고. 무슨 일이 있었냐고 물어보니까 청소할 때 네 방문 손잡이를 만졌는데 지문이 남은 걸 보고 네가 불같이 화를 내고는 항아리를 던졌대. 그 누나가 그러더라. 그 집 도련님 보고 악마 도련님이다, 뭐다 하는데 사실 그건 잘 모르고 하는 소리다. 그 집 도련님에 비하면 악마는 상냥한 거라고……. 급료가 높은 건 다 이유가 있는 거라면서 한숨을 푹푹 쉬었었지. 그 누나는 그 뒤로 일을 그만뒀어. 밖에서 떠도는 너에 대한 소문은 빙산의 일각이었고 집에서는 더 심했대. 오죽하면 일하는 사람들이 널 폭군이나 김해우라고 불렀겠니?"

"폭군은 알겠지만 김해우는 뭐야?"

"모본왕이라는 고구려왕 알아? 신력 혁명이 일어나기 훨씬 전의 왕인데, 사람을 의자나 깔개 삼아서 썼대. 그 모본왕의 이름이 고해우였거든. 넌 김씨니까 김해우인 거지. 왜 하필 고구려왕이냐 싶겠지만 신라는 대대로 고구려와 사이가 안 좋은 편이어서 나쁜 것은 고구려에 빗대서 말하거든. 지금도 그 관습이 남아 있는 거지."

물어보지도 않았는데 민은 쓸데없는 지식까지 알려 주었다.

"난 그런 짓을 하지 않았어!"

"넌 모르잖아. 이전의 기억을 모두 잃어버렸으니까."

영준은 순간 할 말을 잃었다.

"죽었다 깨어났다고 사람이 변할 것 같아? 안 변해. 아니, 못 변해. 넌 다르다고 생각하겠지만 다른 사람들은 계속 널 예전의 김영준으로 생각하고 있을 거야. 네가 조금만 실수를 해도 예전의 김영준과 곧바로 연관을 지을 테지. 처음에는 넌 그래도 괜찮다고 생각할지도 몰라. 사람들의 시선이 어떻든 간에 그것이 진실이 아니면 된다고. 하지만 네가 아무리 노력해도 사람들이 모두 널 예전의 김영준으로 보고 반응하는데, 너는 변한 게 맞을까?"

그 말이 옳았다. 과거에 자신이 한 행동을 기억하지 못한다 해서 그것들이 모두 없던 일이 되는 것은 아니었다. 하지만 영준은 민의 이야기를 믿을 수가 없었다. 머리가 혼란스러워서 그 내용들을 어떻게 받아들여야 할지 알 수가 없었고, 솔직히 말하면 받아들이고 싶지도 않았다.

영준은 병실에 있는 동안 자신이 이런 사람이라고는 꿈에도 생각하지 못했다. 지금도 민에게 영준과는 관련이 없는, 먼 나라에 사는 사람의 이야기를 듣는 느낌이었다.

'최악이야.'

민이 옆에 있지 않았다면 영준은 덩치에 어울리지 않게 울어 버렸을지도 몰랐다. 영준은 우는 대신 따지듯이 민에게 물었다.

"네가 보기엔 내가 정말로 그런 짓들을 했을 것 같아?"

"글쎄? 난 그냥 소문으로 들은 걸 말했을 뿐이야."

"소문 말고 네가 보기엔 어떠냐고!"

"어……."

민이 당황해서 다시 더벅머리를 긁적였다. 영준이 생각하기에도 어이가 없는 질문이었다. 영준과 민이 만난 지 20분도 되지 않은 상황이었다. 상대방이 어떤 사람인지 파악하기에는 턱없이 모자란 시간이었다. 그것은 영준도 마찬가지였다.

"그야, 그냥 봐서는 그렇게 나쁜 짓을 할 것 같지는 않은데……."

민은 그렇게 말하며 영준을 위아래로 훑어보았다.

영준은 자신이 찢어진 바지에 셔츠 차림이라는 것을 깨닫고 조금 부끄러웠지만 민의 말이 위로가 됐다. 옆구리 찔러 절 받기나 다름없는 일일지라도 영준은 '넌 그런 녀석이 아니야.'라는 대답을 듣고 싶었다.

"그렇지? 너도 그렇게 생각하지?"

"그런데 사실 겉과 속이 다른 사람도 많잖아. 그래서 뭐라고 확실히 말은 못 하겠어."

"그럼 왜 지금 날 도와주는 건데? 그냥 모른 척하고 가 버리면 되잖아."

"내가 워낙 오지랖이 넓어서 그렇지, 뭐. 또⋯⋯."

민은 잠시 뜸을 들이다가 뒷말을 이었다.

"네가 한 말들이 사실인 것 같거든."

영준은 깜짝 놀랐다.

"왜? 못 믿는다며?"

"한국말은 끝까지 들어야지. 과거의 자신이 한 일들을 듣고 괴로워하는 걸 보니까 어쩌면 본래의 네 성격은 지금과 비슷했을지도 몰라. 네가 악마 도련님이라는 악명을 떨치게 된 것도 사실은 어떤 이유가 있었을지도 모르고⋯⋯. 그렇게 생각하니까 아무래도 내버려 두기가 좀 그렇네. 뭐."

민이 한 말들은 영준에게 실낱같은 희망을 불어넣어 주었다. 자신이 소문대로 뼛속까지 악인은 아니었을지도 모른다는 희망이었다.

"이번에는 내가 물어봐도 돼?"

영준이 아무 말도 하지 않자 민이 물었다. 영준은 고개를 끄덕였다.

"왜 이런 것들을 듣고 싶어 한 거야? 들어봤자 기분만 나빠질 뿐이잖아."

"아무것도 기억이 안 나는데, 너라면 알고 싶지 않겠어?"

"다른 사람들에게 물어보면……."

"어떻게 물어봐? 다들 날 무서워하면서 피하는데."

"하긴 그렇겠다."

그럴 만하다는 듯 민이 고개를 끄덕였다.

"그럼 누가 널 죽일지도 모른다는 말은 무슨 뜻이야?"

민의 말에 영준은 흠칫 몸을 떨었다.

"아까 나랑 부딪쳤을 때 네가 그랬잖아. 누가 널 죽이려 한다고. 그거 진짜야?"

'말해도 괜찮을까?'

영준은 잠시 머뭇거렸다. 어차피 혼자서 이 상황을 빠져나가는 것은 어려운 일이었다. 누군가 도와줄 사람이 필요했다. 하지만 저택의 사람들은 믿을 수 없었다. 자신을 죽이려 하는 사람이 그 속에 숨어 있을지도 모르기 때문이다. 반면에 민은 방금 전에 우연히 만난 사이인 데다 영준과는 과거에 본 적이 없는 사람이었다. 자신을 진짜 도와줄지는 몰라도 한 번 말을 꺼내 볼 필요는 있었다.

"혹시 말이야……."

영준은 어렵사리 입을 떼었지만 말이 잘 나오지 않았다.

"혹시……."

민을 똑바로 볼 수가 없었다. 쿵쾅쿵쾅 심장이 뛰었다. 영준은 고개를 숙인 채 튀어나가 버릴 것 같은 심장을 진정시키기 위해 오른손으로 가슴을 꾹 눌렀다.

"네가 말한 사람들 중에 날 죽이려는 사람이 있을까?"

영준이 간신히 내뱉은 질문에 민의 대답은 바로 돌아오지 않았다. 영준은 거북한 침묵을 밀어내고 민을 바라보았다.

"어, 널 죽이려는 사람?"

민의 눈빛이 흐려졌다.

"없지는 않겠지. 아니, 많았으려나?"

민의 목소리는 당장이라도 바람에 흩어져 사라질 것처럼 허공에 붕 떠 있었다.

"솔직히 나도 전부 아는 게 아니라 뭐라고 말하기 힘들어. 하지만 소문으로 들은 것만으로도 몇 명 정도는 네게 나쁜 감정을 품고 있을 거라 생각해. 그런데 그게 네가 과거를 알고 싶은 이유야?"

영준은 대답하지 않았지만 민은 영준의 침묵 속에서 충분한 결론을 도출해 냈다.

"무슨 일이 있었구나?"

영준은 잠시 망설이다가 입을 열었다. 한 번 말하기로 결정을 내리고 나니 더 이상 감출 마음이 들지 않았다.

"누군가 날 죽이려 하는 것 같아. 그런데 누가 왜 날 죽이려 하는지는 모르겠어."

이 세상에서 평범한 10대 소년이 원한에 의해 살해당할 확률은 얼마나 될까? 그리고 범인을 특정할 수 없을 정도로 많은 적을 가질 확률은? 영준은 그 확률이 한없이 0에 수렴할 거라 생각했다. 하지만 그 보편적인 진리가 자신에게는 해당되지 않았다.

"그게 확실해? 누가 널 죽이려고 하는 게? 그냥 그런 느낌이 드는 게 아니라?"

"틀림없어! 내가 먹을 샌드위치에 독이 들어 있었어. 입맛이 없어서 안 먹었는데 일하는 누나가 그걸 먹고 쓰러졌어! 게다가 지소가 그러는데 내가 총에 맞아서 죽었었대. 다들 내가 죽은 게 사고라고 하면서 정확한 상황은 알려 주지 않아! 그리고 방에서 발견한 일기장에는 뭐라고 쓰여 있는지 알아? '누군가 날 죽이려 하고 있어!'라고 적혀 있었다고! 난 분명 살해당했던 거야. 그리고 누군지 몰라도 범인은 지금도 나를 노리고 있어!"

횡설수설할 줄 알았는데 의외로 말이 정리되어 나왔다. 그 말을 듣고 민은 살짝 얼굴을 찌푸렸다.

"골치 아픈 일이네."

민은 말버릇인 건지 가벼운 어투로 말했다.

"단순히 골치 아픈 일이 아니야! 난 또 살해당할지도 모른다고!"

남의 일이라 가볍게 느끼는 걸까? 영준은 자신이 가진 끔찍한 고민이 민에게는 아무것도 아닌 것처럼 느껴진다는 게 화가 났다.

"화내지 마. 문제의 심각성은 잘 알고 있어. 나도 그런 상황 속에 있다면 밤에 두 다리 뻗고 자지 못할 거야. 그런데 네 상황을 보면 뭔가 이상한 냄새가 나긴 하는데 몇 가지를 제외하면 무엇 하나 확실한 게 없어. 이런 문제는 의외로 실마리만 찾으면 단번에 풀리는 법이지."

민은 호주머니에서 조그마한 수첩과 몽당연필을 꺼냈다. 어찌나 알뜰하게 썼는지 볼펜대에 끼워져 있는 몽당연필의 길이가 손가락 한 마디보다 더 짧을 것 같았다.

"우선 알아낸 것들을 하나하나 짚어 보자고."

민은 연필 끝에 침을 묻히고 수첩에 '김영준 사건'이라고 적었다. 영준도 바지 주머니에서 스마트폰을 꺼냈다. 민과 정통으로 부딪쳤는데도 다행히 스마트폰은 흠집 하나 없이 멀쩡했다.

"여기다 적어도 되는데."

민은 영준이 내민 스마트폰을 흘끗 보더니 고개를 저었다.

"나 그런 거 잘 못 다뤄. 손으로 적는 게 편해."

영준은 민이 스마트폰을 만져 보지도 못했을 정도로 가난한 거라고 생각했다. 절에 신세 지고 있는 것도 그렇고, 장을 본 물품의 양이 적다는 것도 그렇고, 남들이라면 한참 전에 버렸을 몽당연필을 쓰고 있는 것도 그랬다. 입고 있는 것도 싸구려 트레이닝 복이었다. 얼마나 빨았는지 트레이닝 복은 물이 빠져 얼룩덜룩했다. 너무 길어서 하나로 묶은 긴 더벅머리도 사실은 머리 깎을 돈을 아끼느라 그런 것인지도 모를 일이었다.

'일이 잘 해결되면 뭔가 사례라도 해야겠다.'

그렇게 생각하다가 영준은 문득 우울해졌다.

'정말로 잘 해결되기는 할까?'

그러는 사이에 민은 제목 아랫줄에 '1'이라는 숫자를 적어 넣고서는 영준을 바라보았다.

"너 네가 어떻게 죽었는지는 들었어?"

"자세한 상황은 잘 몰라. 내가 아는 건 사촌인 지소한테 들은 게 전부야."

"그래……."

민의 손이 수첩 위에서 바쁘게 움직였다. 그걸 보고 영준도 스마트폰에 따라 쓰기 시작했다.

1. 김영준은 소생 전의 기억이 없다.

2. 김영준은 자신이 살해당했을지도 모른다고 생각한다.
   (참고: 일기장의 문구)

3. 김영준의 사인은 총상이다. (증언: 김지소)

4. 김영준에겐 적이 많다. 즉, 범인으로 의심이 되는 사람이
   많다. (참고: 사람들의 반응과 소문)

5. 김영준은 지금도 살해 위협을 받고 있다고 생각한다.

"생각하는 게 아니라 분명히 받고 있다니까? 내가 먹을 샌드위치에 독이 들어 있었다고!"

영준은 5번 항목에 거세게 항의했다.

"샌드위치에 독이 들어 있던 건 어떻게 알았어?"

"일하는 사람이 그걸 먹고 쓰러졌으니까."

"먹는 모습을 봤어?"

영준은 입을 다물었다. 그러고 보니 영준이 본 것은 미선이 쓰러져 있는 광경뿐이었다.

"못 봤어."

"그럼 그 샌드위치를 먹고 쓰러진 것은 확실하지 않네?"

"샌드위치를 먹자마자 쓰러졌다고 식당 아줌마가 말하는 걸 들었어."

"식중독일 수도 있잖아."

"먹자마자 바로 탈이 나는 식중독이 있어? 분명히 독이야!"

"알았어, 알았어."

영준의 항의에 민은 5번 항목 밑에 설명을 덧붙였다.

(참고: 김영준의 샌드위치에는 독이 들어 있었을 확률이 큼.)

이번에도 영준은 반발했다.

"확률이 아니라니까! 독을 넣은 사람은 날 지켜보고 있었다고!"

"그걸 어떻게 알아?"

"내가 잠깐 자리를 비운 사이에 범인이 이걸 내가 앉았던 자리에 가져다 놓았으니까!"

영준은 그때까지 손에 쥐고 있던 종잇장들을 민에게 내밀었다.

"일기네?"

종이를 펼쳐 본 민이 중얼거렸다.

"그래. 아까 내가 일기 얘기했지? 소생하고 나서 발견한 일기장에는 중간이 많이 빠져 있었는데, 그게 그중 일부분이야. 일기장에서 빠진 부분을 범인이 가지고 있었던 것 같아. 그리고 기회를 봐서 내게 보낸 거지."

"네 말대로라면 범인은 이걸 왜 네게 보냈을까?"

민의 말을 듣고 영준은 그 이유를 지금까지 생각해 본 적이 없다는 사실을 깨달았다.

"그야…… 자신이 날 지켜보고 있다는 걸 알리기 위해서겠지."

"왜?"

"내가 겁에 질린 걸 보고 싶어서……."

민은 잠시 이상한 표정으로 영준을 바라보다가 머리를 긁적였다.

"단지 그런 이유로 일기를 훔치고, 또 그걸 네게 돌려준다고?"

"무슨 얘길 하고 싶은 거야?"

"뭔가 다른 이유가 있지 않을까?"

"다른 이유……."

영준은 범인이 왜 자신에게 일기를 보냈는지 생각해 보았지만 다른 이유를 찾을 수 없었다.

"뭐, 지금 알 수 없는 문제는 제쳐 두고 다른 것부터 생각하는 게 좋겠다."

민이 수첩에 메모를 추가하면서 말했다.

(참고: 김영준의 일기장 - 살해 위협에 대한 내용, 중간의 몇
장이 빠져 있으며, 범인이 몇 장을 일부러 돌려주었지만 그
이유는 알 수 없음.)

"우선은 이 정도려나?"
민이 메모를 영준에게 보여 주며 물었다.
"응, 대충 다 적은 것 같아."
"그럼 이중에서 일기장을 제외하고 가장 신경 쓰이는 게 뭐야?"
영준은 항목들을 노려보았다. 전부 신경이 쓰이는 것들이라고 생각
했는데 이렇게 정리해 놓고 보니 한 가지가 가장 눈에 들어왔다.
"왜 하필 사인이 총상이지?"
"그러게? 총은 구하기도 힘들 텐데. 아, 너네 집이면 꼭 그렇지도
않겠다."
순간적으로 영준은 민을 노려보았다. 민은 '아차' 하며 어깨를 움츠
렸다.
"그런 눈으로 보지 마. 권력 있는 재벌가에 총은 대수롭지 않은 물
건일 것 같아서 말한 것뿐이니까. 그런데 어떤 총에 맞은 거래? 산탄
총? 권총? 엽총? 총기 종류만 알아도 범인의 범위를 좁힐 수 있을지
도 모르는데⋯⋯."

한국은 총기 소지가 불법인 나라다. 사격용이나 사냥용 총도 면허와 허가증이 없으면 소유할 수 없게 마련이다. 영준을 쏜 사람이 누군지는 몰라도 총기 면허증과 허가증을 가지고 있거나 암흑의 경로를 통해 총을 손에 넣었을 것이다.

"어떤 총에 맞았는지는 아직 못 들었어. 나중에 물어봐야겠다."

영준은 스마트폰에 옮겨 적은 2번 항목에 별표를 그렸다.

"사인이 총상인 걸 생각해 보면 5번도 이상하지 않아? 정말로 독이 들어 있었다면 왜 이번에는 총이 아니라 독일까?"

민의 말에 영준은 무릎을 쳤다. 그러고 보니 정말 이상했다. 왜 그걸 자신이 놓쳤는지 이상할 정도였다.

"총으로는…… 소생할 수 있으니까? 실제로 난 이렇게 되살아났잖아."

"독으로 죽으면 소생 못하고?"

"소생 수술은 신체의 50% 이상이 훼손되지 않았을 경우에만 성공할 수 있어. 혈관을 따라 신체를 오염시키는 독이라면 소생 여건을 충족하지 못할지도 몰라."

"그럴 수도 있겠네."

민이 고개를 끄덕였다. 순간, 영준의 뇌리에 어떤 생각이 떠올랐다.

"아, 맞다! 범인이 독으로 방법을 바꾼 게 사실이라면 범인이 누군지 알 수 있을지도 몰라!"

"어떻게?"

"내가 먹을 음식에 독을 넣을 수 있는 사람이라는 뜻이잖아. 즉, 샌드위치를 식탁에 올리거나 샌드위치를 만들 재료에 접근할 수 있는 사람이라고! 그러니까 저택에 있는 사람이거나 저택을 자유롭게 드나들 수 있는 사람이라는 얘기지. 어쩌면 범인은 혼자가 아니라 공범이 있을 가능성도 있어!"

영준은 흥분해서 소리쳤지만 민은 인상을 찌푸리며 한숨을 내쉬었다.

"너, 너희 집에서 일하는 사람이 얼마나 되는지 알아? 그리고 집에 드나드는 사람이 몇인지. 집에서 살면서 일하는 사람만 따져도 열 명은 넘을걸? 출퇴근하고 식료품이나 세탁물을 배달하는 사람까지 더하면 훨씬 많다고. 그리고 너희 집 보안이 아무리 철저하다고 해도 외부에서 범인이 몰래 들어왔을 가능성도 완전히 배제할 수는 없다고 봐."

민의 말이 맞았다. 결국 범인을 특정 지을 확실한 방법은 아직 찾지 못한 셈이었다.

"다시 원점인가……."

영준이 깊게 한숨을 내쉴 때 민이 말했다.

"일단 가장 의심이 가는 사람부터 찾아보자. 너한테 가장 호되게 당한 사람 말이야. 정말 널 죽이고 싶어 할 정도로 너를 미워하는 사람을 말이지."

민의 말은 백 번 옳았다. 하지만 영준은 우울하게 대답했다.

"기억이 없는데 그걸 어떻게 알겠어?"

"한 가지 힌트가 있긴 해."

민은 일기장을 펼쳐서 영준에게 내밀었다.

"누군지 몰라도 이 일기를 보낸 사람은 네게 뭔가 할 말이 있었던 모양이야."

그 말에 영준은 일기를 집어 들고 천천히 읽어 보았다.

3월 25일

정말이지 끔찍한 하루였다.

오늘은 시에서 큰 행사가 있었다.

신라가 '한국'에 편입된 지 60주년이 된 기념행사인데, 행사장에서 우리 꼰대가 연설을 하기로 되어 있다나.

행사는 재미없고, 딱히 할 만한 것도 없고, 입구 쪽에서 폰으로 게임 좀 하다가 실수로 넘어지는 바람에 얼굴에 상처가 났다.

돌아오는 길에 꼰대가 얼굴 꼴이 그게 뭐냐고 해서 빡쳤다.

아, 진짜! 다친 것도 짜증 나는데 집안에 먹칠하지 않게 처신 잘하란다. 씨X! 다친 아들에게 할 말이 그것뿐이냐고!

오자마자 방으로 왔는데, 오는 길에 뒷방 커튼이 걷혀 있는 걸 봤다. 오늘도 방에서 안 나올 줄 알았는데 어딘가 나갔다 왔나 보다.

3월 27일

뒷방 앞에서 거절당했다. 가 봤자 어차피 좋은 소리는 못 들었을 테니 차라리 다행이다.

기분이 좋지 않은 상태로 학교에 가자마자 옆 반 찌질이 새끼랑 마주쳐서 조금 손을 봐 줬다. 욕을 하고 몇 번 걷어차니까 울려고 하기에 기분이 더 상했다.

3월 29일

간밤에 X 같은 꿈을 꿨다. 낭떠러지에서 떨어지는 꿈이었는데, 남들이 들으면 키 크는 꿈이라고 했을 거다. 키 크는 꿈이라면 차라리 낫겠다. 아마도 오늘이 29일이라서 그런 꿈을 꾼 모양이다.

오늘은 큰 맘 먹고 뒷방에 갔다. 문이 잠겨서 열리지 않기에 발로 몇 번 차 버렸다.

대체 나보고 어떻게 하라는 거야? 나로서도 어쩔 수 없는 일이었는데!

장마다 하루씩 적혀 있는 일기에는 공통점이 있었다.

"뒷방이 대체 뭐지?"

"내 생각엔 아마 네 형 방을 말하는 것 같아."

민의 말에 영준은 깜짝 놀랐다. 형이라니……. 정말 생각지도 못한 말이었다.

"형? 나한테 형이 있어?"

"몰랐어? 세 살 위의 형이 있어. 이름이 아마 김영실일 거야. 몇 년 전에 사고를 당한 후로는 저택 밖으로 한 걸음도 안 나온다고 하던데……."

영준은 병원에서 멋대로 자신이 고아라고 생각하고 있다가 윤집사에게 부모님이 살아 계시다는 사실을 들었을 때보다 더 놀랐다. 심지어 저택에서 같이 생활하고 있었는데 몰랐다니……. 하긴 저택은 누가 사는지 알 수 없을 정도로 넓었다.

"그렇지만 왜 지금까지 아무도 말해 주지 않았지?"

"굳이 지금 말하지 않는 게 더 낫다고 생각했나 보지. 너랑 형을 만나게 했다가는 어떤 일이 일어날지 모르니까."

민의 말에 영준은 불길한 예감이 들었다.

"무슨 뜻이야?"

"네 형은 사고로 걸을 수 없게 됐어. 그리고 소문대로라면 네 형을 그렇게 만든 건 바로 너야."

불길한 예감은 항상 잘 맞아떨어지는 법이었다.

형

민과 헤어지고 영준은 바로 저택으로 돌아왔다. 범인이 있을지도 모르는 저택으로 되돌아가는 것은 자살 행위나 다름없지만 돌아가지 않는다고 뾰족한 수가 있는 것도 아니었다. 바깥이 안전하리라는 보장도 없었다. 기억을 잃은 데다 생활력도 없는 10대 청소년이 혼자 몸을 숨기고 살기에 이 세상은 너무 험난했다.

'민처럼 본래부터 생활력이 강했다면 또 모르지만…….'

다행히 영준이 뛰쳐나간 이유에 대해 꼬치꼬치 물어보는 사람은 없었다. 윤집사가 아무렇지 않게 방으로 찾아와서 외출 준비를 모두 마쳤다는 보고를 했을 뿐이었다.

"외출이오? 어딜요?"

영준은 문을 손톱만큼만 연 채 윤집사에게 물었다.

"오늘 학교에 가신다고 하셨지요?"

그제야 영준은 오늘 학교를 둘러보러 나가겠다고 말했던 것을 떠올렸다. 학교……. 민에게 들은 말이 사실이라면 학교에서도 영준을 고깝게 보는 사람이 많을 것이다. 그리고 지금은 학교에 가는 것보다 먼저 해결해야 할 문제가 있었다.

"갑자기 몸이 안 좋아서 오늘은 안 되겠어요. 학교는 내일 갈게요."

윤집사는 영준의 태도를 그다지 이상하게 생각하는 기색 없이 돌아갔다. 문을 닫기 전에 영준은 윤집사의 얼굴을 언뜻 보았다. '또 변덕이 시작됐구나.'라고 말하는 듯한 표정이었다.

윤집사가 돌아가자마자 영준은 내내 스마트폰의 메모장을 바라보며 앞으로의 일을 궁리했다. 그 안에는 민과 함께 정리한 항목들이 적혀 있었다.

김영실

병실에서 자신의 이름을 처음 봤을 때만큼 생소한 이름이었다.

영준이 이 이름의 주인에 대해서 아는 거라고는 자신의 형이라는 것과 사고를 당하지 않았다면 집안을 이을 장남이었다는 것 그리고 형의 사고를 일으킨 것이 자신일지도 모른다는 사실이었다.

'날 죽이려고 하는 게 형일까?'

영준은 벌떡 일어나서 침대 위에 책상다리를 하고 앉은 채 스마트폰의 문구를 노려보았다. 일기의 내용에 따르면 형은 방 밖으로 잘 나오지 않는 것 같았고, 영준을 만날 생각도 없어 보였다. 대체 형과 무슨 일이 있었던 걸까? 스마트폰만 노려봐서는 아무것도 해결되지 않는다는 것을 깨닫고 영준은 푹 한숨을 내쉬었다.

영실에 대해 알려 줄 것 같은 사람은 단 한 명뿐이었다. 영준은 복도로 나와 사람이 없는 것을 확인하고는 아래층으로 내려갔다. 운 좋게도 지소가 자기 방에서 막 나오던 참이었다.

"잠깐 나랑 얘기 좀 해."

지소는 기분이 언짢은 듯 인상을 구겼지만 바로 영준을 내치지는 않았다.

"무슨 일이야?"

"나한테 형이 있지? 형에 대해 아는 대로 말해 줘."

지소의 눈썹이 미세하게 떨렸다.

"그건 누구한테 들었어?"

그렇게 물을 거라고 이미 예측하고 있었기 때문에 영준은 미리 준비한 대답을 꺼냈다.

"일기장에서."

"아."

지소는 알겠다는 듯이 머리를 끄덕이고는 더 캐묻지 않았다.

"여기에서는 말하기 그러니까 서재로 가자."

지소의 말에 영준은 고개를 끄덕였다. 지소는 영준을 2층 끄트머리에 있는 서재로 데려갔다.

책이 빼곡하게 꽂혀 있는 책장 앞에는 커다란 탁자와 소파가 놓여 있었는데, 지소는 앉으라는 말도 없이 먼저 거기에 냉큼 앉았다. 영준도 잠시 망설이다가 지소의 맞은편에 앉았다.

"뭐가 알고 싶은데?"

먼저 입을 연 것은 지소였다.

"전부. 형은 대체 어떤 사람이야?"

"나쁘지는 않은 사람이야. 성격도 좋은 편이고 성적도 좋았지. 집 안의 후계자로서 강렬한 카리스마까지는 아니어도 좋은 리더가 될 수 있는 자질을 갖추고 있었고. 한마디로 일등 신랑감?"

마지막 말에 영준은 풋 하고 웃음을 터뜨렸다. 지소의 웃음기 없는 얼굴과는 전혀 어울리지 않는 말이었기 때문이었다.

"그게 뭐야?"

"어머니가 그렇게 말했는걸. 나는 영실 오빠랑 결혼시키려고 들인 딸이라고. 말이 사촌이지 그 때문에 사실 난 호적에도 안 올라가 있어."

영준은 지소를 멍하니 바라보았다. 자신이 멍청한 표정을 짓고 있다는 사실은 표정보다 더 멍청한 말을 꺼낸 뒤에 깨달았다.

"정략결혼 같은 거야?"

"같은 게 아니라 바로 그거야."

지소는 본인의 일을 남의 일처럼 딱 부러지게 말하고는 재빨리 덧붙였다.

"영실 오빠가 사고로 다치면서 결혼 이야기는 없어졌지만."

영준은 뭐라고 해야 할지 몰랐다. 드라마에서나 보던 일이 실제로 일어나는 집이라는 사실은 알고 있었지만 막상 이렇게 직접 이야기를 들으니 목구멍에 뚜껑이라도 닫힌 것처럼 말이 나오지 않았다.

"어머니께선 많이 실망하셨지만 난 차라리 잘됐다고 생각했어. 어제 말했듯이……."

지소는 뒷말을 흐렸지만 영준은 지소가 하려는 말을 알 수 있었다.

"아, 남친 말이지?"

지소는 고개를 끄덕이고는 집게손가락으로 영준의 입을 가리켰다.

"조심해. 어머니는 아직 포기 안했으니까. 다음 타깃은 너일지도 몰라."

"에이 설마……."

멋쩍게 웃다 말고 영준은 지소가 전혀 웃고 있지 않는다는 것을 깨달았다. 지소의 말은 진심이었던 것이다.

'아직 10대인데 정략결혼이라니…….'

"그보다 사고에 대해 알고 싶은 거지?"

지소가 그렇게 물었을 때에야 영준은 자신이 지소를 만나러 온 이유를 다시 떠올렸다.

"응, 맞아. 대체 나랑 형 사이에 무슨 일이 있었던 거야? 일기를 보니까 좋은 사이는 아니었던 것 같던데……."

"정확한 사실은 너와 영실 오빠밖에 몰라. 다들 말하기로는 영실 오빠가 3층 테라스에서 추락해서 크게 다친 건 네가 뒤에서 밀었기 때문이라고 해."

"내가 왜 그런 짓을 해?"

"후계자가 되고 싶어서 그랬다던데? 실제로 그 사고를 겪고 영실 오빠는 계속 휠체어 신세를 지고 있거든."

"난 그런 짓을……."

'하지 않았어.'라고 말하려다 말고 영준은 멈칫했다.

단지 문손잡이에 지문을 남겼다는 이유로 다른 사람에게 항아리를 던진 자신이 가족에게는 아무 짓도 하지 않았다고 어떻게 장담할 수 있을까? 민이 들려준 예전 자신의 행동은 10대 소년이 한 일이라고 믿어지지 않을 정도로 악의가 넘쳐 있었다.

'그것이 정말 나인가? 정말로 나는 주위 사람들을 괴롭히고, 원하는 것을 손에 넣기 위해서는 수단과 방법을 가리지 않는 악마였나?'

영준은 자신이 절대 그런 사람이 아니라고 믿고 싶었다. 하지만 이젠 스스로를 믿을 수 없었다.

"지소, 너도 내가 그랬을 거라고 생각해?"

"몰라."

지소는 어깨만 으쓱해 보일 뿐이었다.

"그렇게 궁금하면 영실 오빠한테 직접 물어보는 게 어때?"

"형이 날 만나 줄까? 일기장에도 계속 만나려 했는데 못 만났다는 얘기만 적혀 있던걸?"

"만나러 간 시간이 언제라고 되어 있는데?"

영준은 일기장의 내용을 머릿속으로 더듬었다.

"어……, 오전이나 낮이겠지."

시간에 대해 특별히 적혀 있던 것은 아니었지만 대략 해가 떠 있을 즈음일 것 같았다.

"영실 오빠는 사고 이후에 낮에는 잠만 자. 만나려면 밤에 갔어야 지."

"아……."

영준은 좋은 정보를 얻었다고 생각했다.

"그리고 윤집사 할아버지한테 영실 오빠를 만나러 간다고 절대 말하지 않는 게 좋을 거야."

"왜?"

"너라면 서로 죽이려 하는 형제를 만나게 하고 싶겠니? 나는 죽이 되든 밥이 되든 너와 영실 오빠의 문제는 둘이 만나서 해결하는 게 낫다고 생각하는 쪽이지만."

"집사 할아버지는 밤에 밖으로 나오지도 못하게 해. 게다가 난 형의 방이 어딘지도 몰라."

"집사 할아버지 따돌리는 건 이제 네가 알아서 할 문제이고, 영실 오빠 방은 바로 저기야."

지소가 팔을 뻗었다. 영준은 자신도 모르게 그쪽으로 고개를 돌렸다. 그곳에는 저택과 연결된 작은 집이 한 채 있었다.

"여기서부터는 네가 알아서 해."

지소는 그 말을 하고는 밖으로 총총 나가 버렸다.

오후 내내 영준은 고민했다. 점심을 거른 터라 배가 고팠지만 지금은 식사보다 더 중요한 일이 있었다.

'밤마다 순찰을 도는 집사 할아버지를 피해 형의 방까지 가는 방법을 찾아야 해!'

영준은 침대에서 일어나 테라스로 나갔다. 지난밤처럼 주위를 둘러보는데 아직 사방이 밝아서 그런지 주위가 잘 보였다. 영준은 난간 너머를 내려다보고는 깜짝 놀랐다. 밝을 때 보니 아래가 훤히 보여서 다리가 더 후들거렸다. 지난밤에 어떻게 여길 건널 생각을 했는지 놀랄 정도였다.

'아무것도 모르면 용감하다더니……'

아무래도 다시 건물 벽을 타는 건 못할 것 같았다.

'계단으로 내려가는 방법밖에 없는데……, 아!'

문득 낮에 지소와 대화를 나누었던 서재가 떠올랐다. 서재는 뒷방이 내려다보일 정도로 뒷방과 가까웠고, 창문가에 큰 나무가 세워져 있어 빠져나가기도 쉬워 보였다.

영준은 음식에 또 독이 들어 있을지 몰라서 저녁을 먹는 척만 하고 곧바로 2층 서재로 향했다. 식당에서 서재까지는 짧은 거리였음에도 도중에 윤집사를 만났다.

"책 읽으러 서재에 가려고요. 조금 늦게까지 읽을 거니까 방해하지 말아 주세요."

윤집사가 묻지도 않았는데 영준은 지레 그렇게 말했다.

생각해 보니 영준은 방 밖으로 나올 때마다 윤집사와 마주쳤다. 윤집사가 CCTV로 자신을 감시하고 있는 것은 아닌가 하는 생각이 들 정도였다. 이래서야 윤집사 눈을 피해서 형을 만날 수 있을까? 영준은 슬슬 불안해지기 시작했다.

해가 완전히 지고 밤이 오자 스산한 분위기가 저택을 에워쌌다. 영준은 문에 귀를 대고 바깥에서 나는 소리를 들었다. 조용했다. 달가닥거리는 소리가 희미하게 들리긴 했지만 다른 층에서 나는 소리 같았다. 영준은 나무를 타고 건물 밖으로 내려왔다. 맨발이 나무껍질에 쓸려 아팠지만 그리 신경 쓸 정도는 아니었다.

영준이 향한 곳은 저택의 뒷문과 연결되어 있는 방이었다.

사실 형이 지내고 있는 곳은 방이라기보다는 별채에 가까웠다. 본채와는 지붕이 있는 회랑으로 연결되어 있지만, 회랑의 길이가 제법 긴 것을 보니 원래는 별개의 건물이었던 것 같았다. 영준은 나무 바닥이 소리를 내지 않도록 조심스레 걸었다.

회랑은 불을 켜지 않아 어두컴컴했다. 양옆으로 잡목들이 조명을 받아 희끄무레하게 빛나고 있었다. 밤에도 불을 켜지 않는 것은 영실 형이 당부한 일일까? 어쨌든 지금의 영준에게는 감사한 일이었다. 영준은 회랑의 끄트머리에서 문을 발견했다. 그곳이 바로 영실 형의 방이었다. 다가가 보니 문틈으로 희미하게 빛이 새어나오고 있었다.

'깨어 있나 보다.'

빛을 보자 영준은 심장이 뛰었다. 형을 만나면 어떻게 해야 할까? 뭘 어떻게 말하면 좋을까? 형이 날 보자마자 소리를 지르며 화내면 어쩌지?

소문대로 영준이 형의 다리를 잃게 한 거라면 형이 영준을 곱게 볼 리는 없을 것이다.

'정말로 형이 날 죽이려 했다면 어떡하지?'

영준은 이렇게 무작정 영실을 만나러 오는 게 아니었다고 생각했다. 형이 자신을 죽이려 한 범인이라고 해도 순순히 자신이 한 짓이라고 밝힐 리도 없을 테고, 백 번 양보해서 범행을 시인한다 해도 그 순간 영준의 안전을 보장할 수 없게 될 것이다. 자고로 범인이 자신이 범인임을 밝히는 순간은 모든 것을 포기했거나 목적을 이룰 수 있을 때뿐이니까.

'역시 다른 방법을 찾아보는 게 좋겠어.'

영준이 그렇게 생각하며 발길을 돌릴 때였다.

"밖에 누구야?"

안에서 들려오는 소리에 영준은 가슴이 철렁했다.

"콜록콜록. 윤집사?"

누군가 기침 섞인 목소리와 함께 문 쪽으로 다가왔다. 영준은 심장이 입으로 튀어나올 것만 같았다. 도망쳐야 한다고 생각했다. 그러나 너무 놀란 탓에 발이 그 자리에 못 박힌 것처럼 떨어지지 않았다.

끼이익.

문이 열렸다. 영준은 자신도 모르게 뒷걸음질을 쳤다. 문을 열고 나온 것은 휠체어에 앉아 있는 한 청년이었다. 영준은 누가 말해 주지 않아도 단숨에 그가 형이라는 걸 알 수 있었다.

"누군가 했더니 너였어? 웬일이야?"

영실이 묻자 영준은 더듬거리며 대답했다.

"무, 물어볼 게 있어서요."

"나한테?"

영실은 영준을 위아래로 훑어보다가 다시 크게 기침을 했다.

"콜록! 아, 맞다. 윤집사에게 들었다. 너 죽었다 깨어나서 기억이 없다며? 이렇게 문간에 서 있기도 그러니 일단 들어와."

영실이 가볍게 손짓하면서 휠체어의 버튼을 눌렀다. 그러자 휠체어는 조용히 방 안으로 들어갔다. 버튼 하나로 모든 것이 자동으로 움직이는 최첨단 휠체어인 모양이었다.

"그럼 잠시 실례하겠습니다……"

영준은 정원 흙을 밟아 더러워진 발로 바닥을 밟아도 될지 잠시 주춤거리다가 까치발을 하고 안으로 들어갔다. 안은 겉에서 본 것보다 훨씬 넓었다. 휠체어가 자유롭게 움직일 수 있도록 식탁과 냉장고, 소파, 침대, 컴퓨터, 에스프레소 기계 등 가구들이 서로 떨어져서 배치되어 있었다. 몸이 불편한 영실이 바깥에 나가지 않고 지낼 수 있도록 오랜 시간을 들여 개조해 놓은 것 같았다.

"거기 앉아."

영실이 턱짓으로 식탁을 가리키자 영준은 시키는 대로 순순히 앉았다. 그 사이 영실은 에스프레소 기계에 다가가 버튼을 눌렀다.

"넌 항상 커피지? 아무것도 안 넣는 블랙. 고등학생 주제에."

"괜찮습니다."

"그 같지도 않은 존댓말은 집어치울래? 네가 그렇게 말할 때마다 또 무슨 꿍꿍이인가 싶어서 소름 끼치거든?"

화들짝 놀란 영준은 입을 다물었다.

"그런데 내가 여기 있다는 건 누가 알려 줬지? 윤집사는 말을 안 했을 것 같은데. 콜록."

"그냥 어쩌다 보니 알게 됐어요. 아니, 알게 됐어."

영준은 또다시 쓴소리를 들을까 봐 황급히 말을 고쳤다. 굳이 민에 대해 말해서 복잡하게 만들고 싶지 않았다.

영실이 에스프레소 머신에서 갓 뽑은 커피 두 잔을 쟁반에 받쳐 들고 돌아오는데 다 오기도 전에 자동 휠체어의 바퀴가 뚝 멈췄다.

"이놈의 기계는 또 왜 이래? 콜록. 또 정비할 때가 됐나……."

쾅! 쾅!

영실은 손바닥으로 휠체어의 계기판을 내리쳤다. 늘 있는 일인지 익숙한 모습이었다. 그 모습을 보고 영준이 물었다.

"다리…… 많이 불편해?"

"너라면 안 불편하겠냐?"

영실의 말에는 잔뜩 가시가 나 있었다. 영준은 자신이 형의 다리를 빼앗았다는 말을 떠올렸다. 그 소문대로라면 영준을 가장 미워하는 사람은 지금 앞에 있는 영실일 것이다.

커피는 따뜻했다. 영준은 커피를 한 모금 마시면서 영실을 슬쩍 보았다. 빛을 못 봐서인지 얼굴이 허옇게 떠 있긴 했지만 병색이 짙은 얼굴은 아니었다. 다리는 두터운 무릎 담요로 가려져 있어서 어떤 상태인지 알 수가 없었다. 말할 때마다 기침을 하는 건 감기 때문일까? 감기를 앓고 있는 것 같진 않은데…….

"그래서 뭘 알고 싶은데?"

영실의 말에 영준은 흠칫 몸을 떨었다. 영준이 알고 싶은 것은 오직 하나뿐이었다.

'형이 날 죽이려 했어?'

하지만 그렇게 물어봐서는 안 된다. 어떻게 접근하면 좋을까? 영준은 오기 전에 미리 생각을 했지만 머리가 백지장처럼 하얘져서 아무것도 떠오르지 않았다. 그런 영준이 답답했는지 영실은 다시 기침 섞인 목소리로 투덜거렸다.

"콜록, 죽었다 살아나더니 그 지랄 같던 성질도 다 삶아 먹었냐? 왜 이렇게 축축 늘어져? 소생해서 돌아오면 난리 발광을 피울 거라고 생각했는데 예상했던 거랑 달라도 너무 다르네? 네 성격 같아선 '날 이렇게 만든 놈 누구냐?' 하고 떠들고 다니면서 온 집을 족치고도 남잖아?"

"족을 치고 싶어도 무슨 일이 있었는지 알아야 치지."

영실이 놀란 표정으로 영준을 바라보았다.

"콜록, 너 그것도 기억 못 하는 거야?"

영준은 고개를 끄덕였다.

"아무도 말을 안 해 줘서. 형이 있다는 것도 몇 시간 전에 겨우 알았어."

그 말을 들은 영실은 영준의 상태를 금방 눈치챘다.

"이야기는 들었지만 그 누락이라는 게 생각보다 심각한 거였구나. 아는 것부터 세는 게 빠르겠다. 뭘 알고 있는데?"

"집안 내력이랑 지금 저택에 있는 사람들이랑, 뭐 그런 것뿐이지."

'그리고 과거의 내가 어떤 인간이었는지.'

마지막 말은 일부러 하지 않았다. 그것을 알고 있다고 말하면 어떻게 해서 알게 되었는지까지 말해야 할 것 같아서였다. 영준은 일단 민에 관한 것은 모두에게 비밀로 하고 싶었다. 누가 적인지 모르는 상황인 만큼 확실한 편을 만들어 두고 싶었던 것이다.

"그런데 사람들이 다 날 좀 멀리하는 것 같아. 내가 나타나면 분위기도 이상해지고. 지소한테 내가 총에 맞았다고 들었어. 나 어쩌다가 총에 맞은 거야?"

"……사고였을걸?"

영실의 대답은 조금 늦게 돌아왔다. 대답이 늦은 것이 기침 때문인지 아니면 다른 이유가 있어서인지는 알 수 없었다.

"널 쏜 건 가끔 저택으로 들어오는 산짐승을 쫓기 위해 마련해 둔 엽총이었어. 아무래도 일대가 산이다 보니 멧돼지 같은 것도 심심찮게 내려오거든. 콜록콜록. 야생동물 침입 방지용 신력 시스템도 설치했는데 가끔 그것도 뚫고 오는 녀석들이 있어. 콜록……. 빌어먹을 기침! 총은 도구실에 가면 볼 수 있을 거야. 어딘지는 알지? 동문으로 나가서 흰 돌길을 따라가면 창고 같이 생긴 건물이 보이는데, 그게 바로 도구실이야. 보고 싶으면 윤집사한테 열쇠를 달라고 해. 열쇠는 아버지와 윤집사만 가지고 있거든."

"그럼 총기 소유자는……."

"당연히 아버지로 되어 있지."

그렇다면 총기로 범인을 특정하는 건 어렵다는 이야기이다.

"누가 쏜 거야?"

"나야 모르지. 네가 가지고 장난치다가 쏜 거 아니야?"

"내가 평소에도 그런 장난을 쳤어?"

영실이 고개를 갸웃거렸다.

"글쎄? 내 기억에는 없어. 콜록! 네가 총에 관심이 있는지 어떤지도 몰랐고. 애초에 도구실은 열쇠가 없으면 들어갈 수가 없으니까 엽총이 거기에 있다는 것조차 잊고 있었지. 위험하니까 아버지가 함부로 만지지 못하게 했거든. 나도 윤집사가 총을 손질할 때만 몇 번 봤어. 그것도 몸이 이렇게 되기 전의 일이지만."

"장난치다가 사고가 난 것도 확실하지는 않네……."

갑자기 공기가 싸해졌다.

"너, 무슨 얘길 하고 싶어서 여기에 온 거냐?"

영실의 얼굴에 살기가 돌았다.

"아니, 뭔가 이상하잖아. 그런 단순 사고라면 왜 다들 내가 어떻게 죽었는지 말을 안 해 주는 건데? 생각해 봐. 내가 도구실에서 총을 꺼내서 쏠 일이 뭐가 있겠어? 그리고 총을 꺼낸 것이 나라고 단정 지을 수는 없잖아. 열쇠를 가지고 있는 건 윤집사 할아버지라며? 만일 내가 열쇠를 달라고 했으면 집사 할아버지가 알았을 테고, 정황이 분명하니까 나한테 굳이 죽음의 이유를 감출 필요가 없겠지. 근데 나에게 말을 해 주지 않는다는 건 내 죽음에 뭔가 석연치 않은 점이 있었다는 거 아니야?"

"그래서? 네가 살해당했다고?"

"꼭 그렇다는 게 아니라 그냥 이상해서……."

영준은 황급히 얼버무리려 했지만 영실에게 통하지 않았다. 잠깐 사이에 영준은 영실에게 멱살을 잡히고 말았다. 영실의 얼굴엔 노기가 가득했다.

"너 나 의심하고 있지? 그래서 온 거지?"

"아, 아냐. 그런 게……."

"그럼 여긴 왜 왔어? 나랑 너에 관해서 떠도는 소문 듣고 온 거 아니야? 콜록! 네가 네놈 새끼 때문에 이 꼴이 됐다는 얘길 들은 거 아니냐고!"

영준은 대답할 수가 없었다. 영실이 멱살을 잡고 짓누르는 통에 목소리를 내기는커녕 숨을 쉬기도 힘들었다. 다리를 못 쓰는 사람은 상대적으로 팔 힘이 강해진다더니 오랫동안 앉아서만 생활한 영실의 팔 힘은 무시무시할 정도였다. 영준은 필사적으로 고개를 틀고 숨을 쉬기 위해 노력했다.

"숨, 숨 막혀!"

이대로 영실이 놓아 주지 않으면 어떻게 될까? 또 죽는 걸까? 두려움이 영준을 덮쳐 왔다. 영실은 영준의 낯빛이 시뻘겋게 변한 것을 보고는 멱살을 쥔 손을 놓았다.

갑자기 폐로 공기가 들어오자 기침이 터져 나왔다. 영준의 눈에는 눈물까지 그렁그렁 맺혀 있었다.

"널 죽이려고 마음먹었다면 지금처럼 내 손으로 죽였을 거다."

"소문이…… 사실이야?"

숨을 몰아쉬며 영준이 물었다.

"반은 사실이고, 반은 아니야."

영준이 의아해하자 영실은 다리를 덮고 있던 천을 들어올렸다. 영실의 두 다리는 온전히 붙어 있었다. 오랫동안 사용하지 않아서 말라 있을 뿐 유실된 부분은 없었다.

"척추라도 다친 거야?"

영실이 노려보았다.

"내 등뼈는 멀쩡해. 이건 병이야. 콜록! 감기에 걸린 것 같지도 않은데 내가 자꾸 기침하는 게 이상하지 않아? 이건 루게릭병이야."

114

"루게릭병?"

생소한 병명에 영준은 고개를 갸웃거렸다.

"전신이 천천히 마비되는 병이야. 몇 년 전에 갑자기 발병했어. 처음에는 달리기가 힘들다가 점점 걷는 것이 어려워졌고, 그 다음에는 차에 타고 내리는 것조차 할 수가 없었지. 길을 가다가도 힘이 없어서 푹 쓰러지기도 하고 가벼운 물건도 들지를 못했어. 나중에는 음식을 삼키는 것도 힘들더라고. 워낙 희귀한 병이라서 중앙에 있는 큰 대학병원에 가서야 루게릭병이라는 걸 알았지."

영준은 병원에서 루게릭병에 관한 영상을 본 기억이 떠올랐다. '근육위축가쪽경화증'이라고도 하는데, 이 병에 걸리면 척수의 신경이 돌처럼 굳어서 전신이 점차 기능을 잃고 결국에는 사망에 이르게 된다. 원인을 알기 어려운 병이라서 근원적인 치료는 불가능하지만 의술의 빌딜로 현재는 어느 정도 극복할 수 있는 난치병이었다.

현재의 치료 방법은 신력으로 병의 진행을 멈추거나 늦추고, 척수복구 수술로 손상된 척수를 재생시키는 것이었다. 다만 이것은 병의 뿌리를 뽑는 방법이 아니기 때문에 환자는 지속적으로 척수 복구 수술을 받아야 했다.

"보통은 발병한 후 몇 년이 안 돼서 사망하는데, 내 경우는 운이 좋아서 병의 진행을 멈출 수 있었어. 콜록. 경과도 좋은 편이라서 잘만 관리하면 정상으로 돌아올 수 있을지 모른다는 말도 들었고……. 잃어버린 운동 기능도 조금씩 나아지고 있어. 그나마 상체나 폐 쪽은 많이 나왔는데 하체 쪽은 좀 오랫동안 훈련해야 할 것 같아. 10년이 걸릴지 20년이 걸릴지는 알 수 없지만. 뇌와 척수가 문제라서 이건 개체 복제로도 고칠 수가 없거든."

그 말대로라면 영실이 다리를 잃은 것은 병 때문이지 영준의 탓이 아니었다. 그러나 영실은 분명히 영준에게 분노를 품고 있었다. 어째서일까?

"반은 왜 나 때문이야?"

"발병한 지 얼마 안 돼서 발견했기 때문에 사고만 없었으면 완치까지 이렇게 오래 걸리진 않았을 거야. 이렇게 오래 걸린 이유는……."

영실은 잠시 말을 멈추고 숨을 골랐다.

"네가 3층 테라스에서 날 밀었거든."

영준은 뭐라고 말해야 좋을지 알 수가 없었다. 아니, 할 말이 없었다. 그 말이 사실이라면 영실이 자신을 미워하는 게 당연한 일이었다. 영준은 가해자였다. 영준의 기억에는 없지만 영실은 그 사건을 똑똑하게 기억하고 있었기 때문이다.

"나는……."

"무슨 말을 하고 싶은지는 모르겠지만 제발 부탁이니 아무 말도 하지 마. 불난 데에 부채질하고 싶지 않으면."

영실은 어딘가 측은해 보이는 눈빛을 하고 있었다.

영준이 아무 말도 하지 못하고 있는 사이, 영실이 입을 열었다.

"그 사건이 있기 전에는 우리 형제 사이는 그다지 나쁘지 않았어.

그때 일은 지금도 똑똑히 기억하고 있어, 콜록. 3층 남쪽에 있는 큰 방 있지? 테라스 달린 거. 원래 내 방이 거기였거든. 그날은 네가 교복 넥타이 묶는 법을 가르쳐 달라고 날 찾아왔었지. 콜록콜록. 그때 난 아직 루게릭병 진단을 받지 않은 상태였어. 그냥 정신적인 문제가 있는 줄로만 알았지. 손에 힘이 없어서 난 네가 건네주던 넥타이를 떨어뜨렸어. 하필 넥타이는 가까운 나뭇가지에 걸렸지. 손을 뻗으면 닿을 만한 거리여서 난 손을 뻗었고……. 그때 내 등을 뭔가가 세차게 밀었어."

영준은 영실이 하는 말을 조용히 들었다.

"나무 위로 떨어져도 운이 나쁜 놈은 나뭇가지가 배를 뚫더라고. 아프고 정신이 혼미했어. 바닥에 누워 위를 올려다보니까 네가 날 내려다보고 있었어. 가만히 날 노려보고 있더라. 그 순간 알겠더라. 네가 날 밀었다는 것을. 그 후로 나는 고소 공포증이 생겼어."

영실은 커피를 한 모금 마셨다.

"뭐, 그 사고가 계기가 돼서 루게릭병이라는 것이 밝혀진 건 다행이었다고 할까? 언젠가는 진단을 받았겠지만."

영준은 말없이 커피 잔을 내려다보았다.

"왜 말이 없어? 전혀 기억이 나지 않는 거야?"

"정말로 내가 밀었어?"

영준은 우물쭈물하며 물었다. 솔직히 영실이 한 말을 다 믿을 수가 없었다.

"난 그렇다고 생각해."

"형제 사이가 그리 나쁘지 않았다며? 그런데 왜 내가 그런 짓을 해?"

"동기는 있지. 내가 없으면 네가 전부 가질 수 있으니까."

흠칫 영준의 몸이 떨렸다.

"이 집도, 아버지의 유산도, 회사도, 지소도."

"지소가 거기에서 왜 나와?"

"이를테면 그렇다는 말이지. 넌 둘째로 태어난 것에 대해 나한테 열등감을 가지고 있었거든. 내가 모를 거라고 생각했겠지만 높은 곳에서는 낮은 곳이 훤히 들여다보이는 법이야. 테라스에서 내 등을 떠밀고 사고로 위장하는 간단한 술수로 넌 후계자가 되어 전부 얻을 수 있는 거잖아? 충분히 그런 생각을 할 수도 있다고 보는데."

그렇게 말하며 영실은 눈을 가늘게 뜨고 웃었다. 조롱하는 웃음이었지만 어딘가 씁쓸해 보였다.

'그런 이유 때문에 내가 형을 테라스에서 밀었다고?'

영준은 믿고 싶지 않았다. 아니, 믿을 수가 없었다.

하지만 그것을 증명할 수 있는 기억은 죽음과 소생을 거치며 어딘가로 영영 날아가 버리고 말았다.

"어쨌거나 지금 중요한 것은……."

영준이 혼란스러워 고개를 푹 숙이고 있자 영실이 기침을 하며 입을 열었다.

"그런 일이 있었다고 해서 내가 널 죽이려고 마음먹은 적은 없다는 거야."

그 말에 영준은 고개를 들었다.

"이전에도 앞으로도, 나는 널 죽이지 않아. 네가 믿고 안 믿고는 별개의 문제겠지만."

그 말이 진짜일까? 어디까지 믿어도 될까? 덤덤한 영실의 얼굴에서는 어떠한 표정도 읽을 수 없었다.

영준의 마음을 읽은 것처럼 영실이 말했다.

"네가 정말로 살해당했고, 널 죽인 놈이 따로 있다면 헛고생하지 말고 다른 데서 찾아보는 게 좋을 거야. 자, 그 커피 다 마시면 바로 나가. 네 얼굴 별로 보고 싶지 않으니까."

또 다른 용의자

　다음 날 아침, 영준은 방문을 두드리는 소리에 눈을 떴다. 일기장
과 스마트폰, 종이가 널브러진 침대에서 일어나 비몽사몽의 상태로
방문을 열었다. 문 밖에 서 있는 사람은 윤집사였다. 벌써 아침 식사
시간인가?

　영준이 부은 눈으로 시계를 보니 벌써 8시를 지나 9시에 가까워지
고 있었다. 지난밤 영실을 만나고 와서 영준은 밤새도록 일기장을 뒤
적거렸다. 그러다가 까무룩 잠이 든 모양이었다. 잠이 모자란 탓에
눈꺼풀에 모래가 들어간 것처럼 따가웠다.

　"아침은 됐어요. 전 좀 더 잘래요."

　영준은 늘어지게 하품을 하며 말했다.

　"오후에 학교에 다녀오시는 게 어떠십니까?"

　영준은 잠시 생각하는 척하다가 말했다.

"오늘은 쉬고, 내일 갈게요."

학교 문제보다 조사해야 할 것이 너무 많았다. 하지만 밤을 거의 샌 탓에 피곤했다.

'조금만 더 자자.'

영준은 다시 침대로 갔다.

영준은 열한 시가 다 되어서야 다시 일어났다. 대충 얼굴을 씻고 옷장에서 적당한 옷을 찾아 입고 나서 방문 앞에 무언가가 놓여 있는 것을 발견했다. 하얀 봉투였다.

어제 테이블 위에 놓여 있던 봉투와 같이 눈 모양의 표식이 새겨져 있었다. 언제부터 있었던 것일까? 윤집사가 왔을 때에도 그곳에 봉투가 있었는지 기억을 더듬어 보았지만 알 수가 없었다. 영준은 잠시 고민하다가 봉투를 집어 들었다.

이번에도 봉투 안에는 일기가 들어 있었다. 어제와는 달리 일기가 한 장만 들어 있다.

3월 30일

형과 식사를 했다.

한 집에 사는데도 정말 오랜만이었다.

형은 그동안 살이 더 빠진 것 같았다.

식사를 하는 내내 형은 아무 말이 없었다.

형은 아직도 날 미워할까? 내가 정말로 형을 밀었다고 생각하는 걸까?

안 밀었다고 말했는데도 아무도 믿어 주지 않았다.

그래서 형한테 아무 말도 하지 않았다.

다들 멋대로 생각하라지.

M 녀석이 구라를 쳤을 때도 내 말 따위는 누구도 들어주지 않았는걸.

뭐가 절친이야?

아무도 믿어 주지 않을 바에는 아무것도 말하지 않는 게 차라리 나아.

영준은 양손으로 얼굴을 감싸 쥐었다. 눈물이 나올 것만 같았다. 과거의 영준은 형의 모든 것을 빼앗고 그 위에 올라서고 싶어서 형을 난간에서 밀어 버린 짐승 같은 놈이 아니었다. 무언가 오해가 있었던 것이 분명했다. 영준은 그 사실이 기뻐서 한참 동안 침대에 엎드려 울었다. 감정이 가라앉고 조금씩 차분해지자 영준의 머리에 새로운 생각이 떠올랐다.

'어쩌면 형의 오해를 풀 방법이 있을지도 몰라.'

우선은 영실이 추락한 사고에 대해서 더 자세히 알 필요가 있었다. 영준이 민 것이 아니라면 영실은 어쩌다가 난간에서 떨어졌을까?

'나랑 형이 아무한테도 말하지 않아서 진실은 우리밖에 모를 거라고 지소가 말했었지.'

처음부터 난관이었다. 과거의 영준이라면 진실을 알고 있었을 텐데 지금의 영준에게는 아무런 기억도 남아 있지 않았다.

'일기장의 빈 부분에는 적혀 있을까?'

동시에 영준은 일기장을 자꾸 자신에게 보내는 사람의 의도가 궁금했다. 일기장을 돌려주는 것은 단순한 협박이 아니라 민이 말한 대로 무언가 메시지를 담고 있는 듯했다. 영준이 형을 만나자마자 형과 관련된 일기를 보내온 것도 결코 우연히 아닐 것이다.

잃어버린 일기를 모두 모으면 형의 사고에 관한 진실을 알게 될지도 모를 일이었다. 그리고 사람들이 기억하는 악마 김영준이 아닌, 다른 김영준이 나타날 수도 있다.

'너무 낙관적인 생각인지도 몰라.'

영준은 침대에 누운 채 잠시 일기를 응시했다. 영준은 진심으로 그 바람이 이루어졌으면 좋겠다고 생각했다. 영준은 우선 자신이 어떻게 해서 죽었는지에 집중하기로 했다. 먼저 할 일은 정해져 있었다. 어제 민과 말하면서 생각해 둔 것이었다.

영준은 아래층으로 내려갔다. 윤집사는 복도에 있는 화병에 물을 주고 있었다.

"집사 할아버지, 도구실 열쇠 있어요?"

"도구실…… 말씀이십니까?"

윤집사의 표정은 변화가 없었지만 어조에서는 당황하는 기운이 역력했다.

"안 보는 책들을 정리해서 내놓으려고 하는데 노끈이 있을 것 같아서요."

"노끈이라……. 도구실에 있는지는 잘 모르겠습니다만. 뭔가 기억

난 거라도 있으십니까?"

"아뇨. 왜요?"

"여기 있습니다."

윤집사는 떨떠름하게 열쇠를 품에서 꺼내 내밀었다. 영준은 자신이 정말 도구실에 있던 엽총으로 죽은 게 사실일지도 모른다고 생각했다.

'형이 거짓말을 한 건 아닌가 보네.'

영준은 곧바로 도구실로 달려갔다. 비좁은 공간에 여러 가지 잡동사니가 꽉꽉 들어차 있었지만 정리정돈이 잘 되어 있었다. 문제의 엽총은 도구실 벽에 걸려 있었다. 영준은 총에 대해서는 잘 알지 못했지만 총신과 총구에 먼지 한 점 묻어 있지 않는 걸로 보아 평소에 누군가가 잘 손질해 두었음을 알 수 있었다.

영준은 엽총을 벽에서 내렸다. 보기보다 상당히 묵직했다. 엽총을 들고 벽을 겨누어 보았다.

'내가 정말 이 총에 맞은 걸까?'

손가락에 방아쇠가 닿자 왠지 무서웠다. 엽총을 보면 무언가 떠오를 거라 생각했지만 특별히 떠오르는 것은 없었다.

영준은 엽총을 다시 벽에 걸고 밖으로 나가려고 도구실 문을 열었다. 그때 하마터면 비명을 지를 뻔했다. 바로 문 앞에 윤집사가 유령처럼 서 있었기 때문이다.

언제부터 거기에 있었던 걸까? 영준은 뛰는 심장을 손으로 누르며 석고상 같은 윤집사의 얼굴을 올려다보았다.

"노끈은 찾으셨습니까?"

"아, 아뇨. 어두워서 못 찾았어요."

영준은 서둘러 윤집사에게 열쇠를 돌려주었다.

"나중에 제가 찾아서 가져다 드리겠습니다. 책 정리가 급하신 건 아니지요?"

"예? 책 정리요?"

"책 정리를 위해 노끈을 찾으신 것 아닙니까?"

"아, 네. 맞아요. 하나도 안 급해요. 그럼 부탁드리겠습니다."

영준은 대충 얼버무리고 재빨리 저택 본관으로 돌아왔다. 식당에 들러서 입맛이 없으니 점심은 거르겠다고 말하고 나오는데, 윤집사가 앞마당에서 정원사와 대화하는 모습이 창밖으로 보였다.

'노인네가 신출귀몰하기도 하지.'

영준은 자신도 모르게 혀를 찼다. 그러고는 윤집사의 눈에 띄지 않게 슬그머니 뒷문을 통해 밖으로 나와서 영실이 지내고 있는 별관 회랑에 들어섰다. 해가 중천에 떴지만 회랑 바닥은 아직 이슬에 촉촉하게 젖어 있었다. 영준은 영실의 방을 바라보았다. 하지만 지금은 영실을 만나러 가는 것이 아니었다.

영준은 정원을 가로질러 장독대에서 멀리 떨어진 곳에 생뚱맞게 세워져 있는 해태 석상 쪽으로 다가갔다. 절과 이어진 계단의 난간 장식으로 사용되었을 것같이 생긴 상이었다. 영준은 해태 석상을 지나 작은 오솔길로 들어섰다. 수풀이 무성해서 자세히 보지 않으면 그게 오솔길인지 알 수 없는 길이었다. 짐승들이 가끔 이곳을 지나는지 간 간이 나무 밑동에 동물의 솜털이 묻어 있었다.

'정말 이쪽에 개구멍이 있나?'

영준은 반신반의하며 오솔길을 걸었다. 이 길은 전날 민이 알려 주 었다. 이 오솔길 끝 쪽에 저택의 일부를 에워싸고 있는 벽이 있고, 그 중 담쟁이덩굴이 드리운 곳에 밖으로 드나들 수 있는 개구멍이 있다 고 했다.

얼마 지나지 않아 담쟁이덩굴로 뒤덮인 벽이 나타났다. 영준은 벽 을 손으로 훑으며 개구멍을 찾았다. 곧 무릎 높이 정도의 개구멍을 발견했다. 민이 말한 대로였다.

'그 녀석은 어떻게 이런 걸 알았을까?'

영준은 오늘 민을 만나면 꼭 물어볼 생각이었다.

영준은 어제 민과 만나서 헤어졌던 약수터로 향했다. 약수터로 가 려면 비좁은 등산로를 거슬러 올라가야만 했다.

'아침부터 산행이라니……'

산을 오르는 것은 생각보다 힘들었다. 밥을 먹지 않아서 머리가 아 찔하기까지 했다. 가파른 등산로를 따라 조금 더 올라가니 목적지인 약수터가 모습을 드러냈다.

민은 먼저 와서 영준을 기다리고 있었다.

"어, 왔어?"

영준을 알아보고 민이 손을 흔들었다.

"많이 기다렸어?"

"아니, 나도 방금 왔어."

"그건 뭐야?"

영준은 민이 메고 있는 긴 가방을 가리키며 물었다.

"이거? 목도야. 나 검도 하거든. 이래 봬도 검도부 주전이라고. 열심히 해서 이걸로 대학 갈 거야. 지금도 아침 훈련하다가 왔어. 내 목도 구경해 볼래?"

민은 목도를 꺼내려고 가방의 지퍼를 내리려 했지만 영준은 고개를 저었다.

"됐어."

영준은 피곤해서 그냥 가만히 앉아서 쉬고 싶은 마음뿐이었다. 영준은 민의 옆에 털썩 앉았다.

"안색이 별로 좋지 않네?"

"잠을 못 자서 그래. 아무래도 좀……, 뭐 알아볼 것도 많은 데다가 누가 언제 나를 노릴지 모르니까 불안해서 잠이 잘 안 오더라. 그보다 먹을 것 좀 있어?"

영준의 말에 민은 고개를 갸웃거렸다.

"밥 안 먹었어?"

"어제부터 쫄쫄 굶었어. 밥에 또 독을 타면 어떡해?"

"한 번 실패했으니까 또 다시는 안 할 것 같은데…….."

"방심하다가 죽을 수도 있어."

영준의 말이 일리가 있다고 생각했는지 민은 고개를 끄덕였다.

"하긴……. 조심해서 나쁠 건 없지. 잠깐 여기서 기다려."

민은 영준을 두고 어딘가로 달려가더니 이내 빵과 에너지바 그리고 음료수를 사 왔다.

"자, 당분간 이걸로라도 연명해. 에너지바는 내가 운동하면서 먹는 건데 이걸 먹으면 배가 좀 찰 거야. 내일 또 가져올게."

"고마워."

민이 준 빵과 에너지바는 꿀맛이었다. 영준이 소생한 후 이제까지 먹은 것 중에서 이만큼 맛있던 것은 없었다. 영준은 허겁지겁 빵과 에너지바를 먹으며 민에게 물었다.

"네 말대로 거기에 개구멍이 있더라. 어떻게 알았어?"

민이 약간 경직된 표정으로 웃으며 대답했다.

"우연히 알게 된 거야."

"우연히?"

"음…… 아무한테도 말 안 할 거지?"

민은 조심스럽게 영준의 눈치를 살폈다.

"말 안 할게."

영준은 남은 에너지바를 꿀꺽 삼키고 대답했다. 그제야 민은 입을 열었다.

"전에 웬 여자애가 그쪽에서 나오는 걸 봤거든. 호기심이 생겨서 나도 한 번 들어가 봤어. 개구멍이 너희 집 정원으로 이어지는 걸 알고는 금방 나오긴 했는데…….”

“여자애? 누군데?”

“멀리서 본 거라 기억이 잘 안 나는데 우리 학교 교복을 입고 있었어.”

영준은 지소를 떠올렸다. 그런 개구멍은 어른들보다 아이들이 더 잘 찾아내는 법이니까. 영준도 죽기 전에는 그 개구멍에 대해 알고 있었을지도 모른다.

“난 또 뭐라고……. 별일도 아니네.”

영준의 태도에 민이 버럭 소리를 질렀다.

“나한텐 별일이거든? 잘못하면 가택 침입죄로 고발당하는 게 아닐까 하고 얼마나 두려웠는데! 너네 집이 좀 대단해? 나같이 가난한 소시민은 벌벌 떨 수밖에 없다고.”

민은 낯빛까지 파리해져서 비들바들 떨었다. 영준은 속으로 피식 웃으며 민에게 손을 내저었다.

“알았어, 알았어. 그럴 일은 없을 테니까 걱정 마.”

“그보다 어떻게 됐어? 너희 형에 대해서는 알아봤어?”

민이 넌지시 물었다.

“응. 만나 보기까지 했는걸.”

영준은 지난밤에 있었던 일을 민에게 이야기했다.

“형은 날 죽인 범인이 아닌 것 같아. 최근에 날 죽이려 한 사람도 형이 아니라고 생각해. 만약에 정말로 형이 범인이라면 어제만큼 좋은 기회도 없었으니까."

"네가 그렇게 생각한다면 너희 형은 제외하는 게 좋겠다. 그럼 또 다른 용의자는……. 총기와 관련된 사람 중에서 찾아봐야 하려나?"

"총기 말인데……."

"알아봤어?"

"응, 형이 그러는데 그거 우리 집 엽총이래. 좀 전에 도구실에 가서 직접 봤어. 실감은 안 나더라. 기억이 떠오르는 것도 없고……. 근데 조금 이상하긴 해."

"뭐가?"

"범인이 외부인이라면 살해 도구를 직접 들고 오지 않았겠어? 왜 도구실에 있는 엽총을 쓰겠어? 또 그게 도구실에 있는지 어떻게 알고 그걸 쓰지?"

"짐작 가는 사람이라도 있어?"

영준은 도구실에서 나올 때 마주쳤던 윤집사를 떠올렸다.

"혹시……, 날 죽이려 한 사람이 집사 할아버지일까?"

"집사 할아버지?"

"형이 그러는데 도구실 열쇠는 집사 할아버지만 가지고 있댔어. 그러니까 엽총을 자유롭게 꺼낼 수 있는 건 집사 할아버지뿐이라고. 게다가 아까 도구실 열쇠를 달라고 하니까 집사 할아버지가 되게 수상하게 보더라고. 내 기억이 돌아왔는지 은근히 물어보는 것도……. 아무래도 좀 수상하지 않아?"

민은 눈썹을 찡그리며 고개를 저었다.

"그 할아버지는 아닐걸……. 자기가 가장 의심받을 게 뻔한데 그 엽총으로 사람을 쏘겠어? 무엇보다 그 할아버지가 널 죽여서 얻을 만한 이득이 없잖아."

민이 말은 일리가 있었다.

"윤집사도 용의 선상에서 벗어난다는 말이네. 그러면 대체 누가 내 목숨을 노리고 있는 걸까?"

"짐작되는 사람이 너무 많은 것도 문제지."

민의 말에 영준은 한숨을 쉬었다.

"아, 맞다. 아까 이걸 받았어. 방문 앞에 있더라."

영준은 가지고 온 일기를 민에게 내밀었다. 민이 그 내용을 다 읽는데는 그리 오래 걸리지 않았다.

"널 지켜보고 있는 건 사실인 깃 같네."

"그렇지? 너도 그렇게 생각하지? 형을 만난 다음에 형과 관련된 내용이 적힌 일기가 온 건 우연이 아닌 것 같아!"

영준은 흥분해서 말했지만 민은 골똘히 생각에 잠겨 있었다.

"여기 적혀 있는 'M 녀석'은 누구야?"

민의 질문에 영준은 쓴웃음을 지었다.

"그걸 내가 알겠냐?"

"절친이라고 쓴 걸 보면 상당히 친했던 모양인데 너랑 친한 애들이라면 준수, 곽우, 현민……. 이 정도거든. 하지만 이중에 M이라고 불릴 만한 애는 없는걸. 다른 장에 힌트가 될 만한 건 없었어?"

영준은 잠시 생각에 잠겼다가 신학기 첫날의 일기에도 같은 이니셜이 등장한다는 것을 생각해 냈다.

"아, M은 나와 같은 반이야. 3월 2일 일기에 'M 녀석도 같은 반이라는 걸 알고 기분이 상했다.'는 얘기가 나와."

그 말을 듣고 민이 이상한 표정을 지었다.

"기분이 상했다고? 설마⋯⋯."

"뭔가 알아냈어?"

"아, 아니. 아닐 거야."

"뭔데 그래?"

민은 말하고 싶어 하지 않았지만 영준이 집요하게 묻자 결국 알고 있는 것을 털어놓았다.

"네가 'M 녀석'이라고 말할 만한 애는 '허무형'뿐이야. 근데 너랑 별로 친한 것 같진 않았는데⋯⋯."

"지금은 몰라도 과거에는 친했을지도 모르잖아."

영준이 의아한 눈초리로 쳐다보자 민이 난처한 표정으로 말했다.

"너랑 네 패거리가 제일 괴롭힌 아이가 허무형이야. 지나가는 애들 중 아무나 잡고 널 가장 미워할 만한 아이가 누구냐고 물어보면 다들 허무형이라고 말할 거야. 그만큼 네가 걔를 괴롭혔거든. 그러니까⋯⋯."

민은 평소답지 않게 뒷말을 흐렸다. 어지간히도 영준에게 말하기

껄끄러운 이야기인 모양이었다.

"어제 들은 얘기들보다 심한 거야?"

"뭐, 그럴 수도 있어."

"말해도 괜찮아."

"너랑 같이 다니는 애들 사이에서 무형이는 '샌드백'이라고 불렸어."

"내가 걜 때렸어?"

"아니……. 그런 건 아닌데……."

"근데 왜?"

"넌 안 때렸지만 네 주변에 있는 애들이 때렸다고 해야 하나?"

"내가 시킨 거야?"

"그럴걸?"

민이 말을 아끼는 통에 영준은 자신이 무형을 어떻게 대했는지 그 전모를 알기 위해 애를 먹었다. 결국 영준은 자신이 반 아이들을 시켜서 무형을 괴롭혔다는 사실을 알게 되었다.

그것은 단순한 괴롭힘이 아니었다. 영준은 선생님들이 눈치 채지 못하게 교묘하게 무형을 괴롭혔다. 직접 손찌검한 적도 없었고 욕을 퍼부은 적도 없었지만, 영준의 눈짓 한 번만으로도 무형은 다른 아이들에게 등이나 배를 묵사발이 되도록 얻어맞고 차마 입에 담기도 힘든 욕을 들어야만 했다.

속옷 바람으로 교문에 매달린 사람도 무형이었다. 무형이 수모를 당하고 있을 때에 영준도 항상 그 자리에 있었다. 무형에게는 한 마디도 하지 않은 채 시선조차 주지 않고 책을 읽거나 이어폰을 꼽고 음악을 듣고 있을 때가 많았다. 간혹 무형을 볼 때가 있었는데, 그때 영준의 눈빛은 쓰레기를 보는 것처럼 차갑기 그지없었다.

"그런데 말이야, 조금 이상한 점이 있어."

"뭔데?"

"그렇게 호되게 당하면 무형이도 대들만 하잖아? 걔도 중학생 때에는 운동해서 덩치도 크고 힘도 센 편인데……. 하지만 한 번도 너한테 말대꾸하는 걸 본 적이 없대. 다른 애들이랑은 치고 박고 싸워도 너한테만은 안 그랬다 하더라고. 그래서 무형이가 뭔가 너한테 약점을 잡힌 게 아니냐는 말이 꽤 많았어."

영준은 일기 내용을 떠올렸다.

M 녀석이 구라 쳤을 때도 내 말 따윈 들어주지 않았는걸.

뭐가 절친이야?

M이 무형이라면 그는 어떤 실수를 저질렀던 걸까? 그게 무엇이었기에 영준에게 찍소리도 못 하고 맞고만 있었던 걸까?

"아무래도 좀 알아봐야겠네."

영준이 벤치에서 일어서자 민이 고개를 들었다.

"가려고?"

"응. 절친이었다면 지소가 알지도 몰라. 적어도 형은 알겠지. 정 안 되면 내일 학교에 갈 테니까 그때 알아보는 방법도 있고."

"직접 만날 생각이야?"

"그건 최후의 수단이야. 걔가 범인일지도 모르니까 일단 정보부터 모으는 게 나을 것 같아."

"알았어. 나도 뭔가 도움이 될 만한 소문을 찾아볼 테니까 내일 저녁에 보자. 6시쯤에 나와 있을게."

"그래."

저택에 돌아오고 나서야 영준은 민에게 할 말이 아직 남아 있다는 것을 알았다. 할 말이라기보다는 질문에 가까운 것이었다.

'만일 허무형이 범인이라면, 허무형은 도구실에 엽총이 있는 것을 어떻게 알았을까?'

허무형은 외부인이라는 점에서 영준을 살해한 용의자에 들어맞지 않았다. 그렇다고 허무형을 배제하기에는 걸리는 것이 있었다.

정말로 예전에 절친이었다면? 그래서 집에 자주 놀러왔다면? 도구실에 엽총이 있는 것도, 도구실 열쇠가 어디 있는지도 자연스레 알 수 있지 않을까?

그리고 윤집사가 도구실의 열쇠를 24시간 몸에 지니고 있을 리도 없다. 마음만 먹으면 적당히 기회를 봐서 몰래 열쇠를 훔친 후, 다시 제자리에 돌려놓을 수 있을 것이다. 도구실 열쇠는 윤집사만이 가지고 있다는 사실도 영준이 형에게 들은 것일 뿐 그 말이 사실인지는 아직 확인해 보지 못했다.

'역시 지소에게 물어봐야겠다.'

영준은 지소를 만나러 갔지만 공교롭게도 지소는 외출 중이었다. 윤집사는 지소가 숙부와 숙모와 함께 나가서 저녁에야 돌아올 거라고 했다.

한참 고민을 하다가 영준은 뒷방을 찾아갔다.

"콜록. 너 얼굴에 철판이라도 깔았냐?"

영실은 문을 열어 영준의 얼굴을 확인하고는 어처구니없다는 투로 투덜거렸다.

"그럼 어떡해? 달리 물어볼 사람이 없는데. 용건 끝나면 빨리 사라질 테니까 좀 도와줘."

영준은 바로 닫히려는 문을 몸으로 막아서며 안으로 들어갔다. 영준이 생각해도 스스로가 뻔뻔하기 그지없었지만 어쩔 수 없었다.

'형한테 내가 민 게 아니라고 말할까?'

문득 그런 생각이 들었지만 지금은 입을 다물고 있기로 했다. 정확하게 밝혀진 것은 아직 없으니까.

"혹시 허무형이라고 알아?"

"허무형?"

곧 기침과 함께 대답이 돌아왔다.

"콜록콜록! 그 코찔찔이? 네 친구잖아. 초딩 때부터 죽어라 우리 집에 드나들던 애 아냐? 왜? 걔가 찾아왔어?"

"아니, 그런 건 아니고……."

"그러고 보니 걔 못 본 지 오래됐네. 콜록! 그 일 있은 후로 안 왔지, 아마……."

"그 일?"

"너랑 걔랑 같이 학교에서 시험지 훔치다가 걸렸잖아."

"뭐?"

영준은 처음 듣는 소리였다. 하긴 영준이 요즘 처음 듣는다고 생각한 얘기는 한두 개가 아니었다.

'예전의 나는 대체 뭘 하고 다닌 거야?'

"한동안 난리도 아니었지. 아버지는 인상이 구겨져서 한 마디도 안 하시고, 어머니는 굳이 무거운 분위기를 바꾸려고 하시지도 않더라. 콜록! 콜록! 으, 이놈의 기침! 콜록! 그 일로 오랫동안 식사 시간 때마다 고역이었어. 뭐, 그래도 어릴 때 그런 사고 한두 번은 칠 수도 있지 않나?"

'아니거든?'

소리 내어 말하진 않았지만 영준의 표정을 읽었는지 영실이 피식 웃었다.

"그 나이에 총 맞아 죽은 것에 비하면 아무것도 아니지."

영준은 할 말이 더욱 없어졌다.

"아, 그러고 보니 무형이 요 근래에 한 번 봤다. 집에 왔었어."

영실의 말에 영준은 귀가 번쩍 뜨였다.

"뭐? 언제?"

"아마 네가 사고 난 날이었을걸? 콜록! 그러니까…… 콜록! 정원에 해태 석상이 있지? 걔가 저녁 늦게 저 부근에서 어슬렁거리고 있더라고. 그러다가 내가 보고 있는 걸 알았는지 수풀 쪽으로 달아나 버렸어."

'어? 해태 석상이라면 민이 가르쳐 준 개구멍 쪽이잖아?'

영준은 놀랐다. 우연일까? 아니면 허무형도 개구멍을 알고 있었던 걸까?

"그거 진짜야? 진짜 내가 사고 난 날에 허무형을 봤어?"

영실은 잠시 이맛살을 찌푸리더니 조용히 고개를 끄덕였다.

"맞아. 저녁 때 무형이를 보고, 그리고 얼마가 지났더라……. 한 열한 시쯤이었을 거야. 챙겨 보던 TV 프로그램이 시작할 때였으니까, 콜록. 아마 그 즈음이 맞을 거야. 갑자기 사이렌 소리가 크게 울려서 밖을 내다봤었지."

"자, 잠깐만."

영준은 품에서 스마트폰을 꺼내서 적기 시작했다. 그 모습을 보고 영실이 혀를 찼다.

"가지가지 한다. 기록해서 뭐 하게?"

"뭔가 몰랐던 걸 알게 될지도 모르잖아. 열한 시에 사이렌 소리가 울렸고……, 그래서?"

"현관 쪽에 구급차가 와 있더라고."

영실이 창문을 가리키자 영준은 반사적으로 창문 너머의 밖을 바라보았다.

"본채에 가려져서 현관이 잘 보이지 않는데?"

"그래도 녹색 불빛이 깜빡이는 건 알 수 있지. 요란스러운 소리에 녹색 불빛이 번쩍이고 있으면 나가 보지 않아도 알 수 있지. 콜록! 그리고 윤집사랑 다른 하인들이 소란스럽게 외치는 소리도 들렸거든. 네가 다쳤다는 걸 그래서 알았어. 뭐…… 콜록, 설마 죽었을지는 몰랐지만. 콜록콜록!"

영실은 기침 때문에 한참이 지난 후에야 말을 이었다.

"으……, 쉽게 가라앉지 않네. 여하튼 나중에서야 윤집사에게 네가 총에 맞았다는 말을 들었어. 즉사했다더라. 네가 피투성이인 걸 보고 윤집사 심장이 철렁했다던데 난 못 봤으니 모르겠고……. 콜록! 윤집사는 엽총이 왜 도구실 밖으로 나와 있는지 이해를 못 하겠다고 하더라고. 도구실 열쇠는 윤집사가 항상 가지고 다니니까."

영실이 거기까지 말했을 때 영준의 뇌리에 새로운 의심이 싹텄다.

"어떻게 엽총이 밖에 나와 있었던 거야?"

영준의 질문에 영실은 가볍게 한숨을 내쉬었다.

"뭐, 그럴 수도 있지. 윤집사를 아는 사람이라면 윤집사가 매일 저녁에 인슐린 주사를 맞는 것 정도는 알잖아. 콜록콜록, 팔에 주사를 놓으려면 겉옷을 벗어야 하거든. 탈의실에 걸려 있는 겉옷 안주머니에서 열쇠를 빼내는 건 쉬운 일이지."

지금의 영준은 모르는 일이었다. 하지만 저택에 있는 사람은 누구든 알 수 있는 일이었다. 그렇게 생각하면서 영준은 얼굴도 모르는 허무형을 떠올렸다.

다음 날 오전, 영준은 눈을 뜨자마자 방문 앞을 확인했다. 일기가 든 봉투가 보이지 않았다. 안도감과 실망감이 동시에 찾아왔다. 더 이상 전할 메시지가 없는 걸까?

방문을 두드리는 윤집사에게 속이 안 좋아서 식사를 거르겠다고 한 후, 영준은 민이 준 음료수와 빵으로 대충 허기를 채웠다. 샤워를 하고 옷을 갈아입기 위해 옷장을 열고는 깜짝 놀랐다. 가지런히 걸려 있는 옷들 아래에 익숙한 흰 봉투가 있었던 것이다. 심장이 쿵쿵 뛰기 시작했다.

언제부터 거기 있었던 걸까?

4월 2일

나 참 어이가 없어서!

집으로 돌아가는데 M 녀석이 불렀다.

매번 울기만 하고 말 한 번 안 거는 녀석이 웬일인가 싶었는데 다짜고짜 하는 말이 '감시자를 조심해.'였다.

만우절도 지났는데 이게 어디서 시비질이야?

열 받는데 내일은 성민이를 시켜서 손 좀 봐 주라고 할까?

4월 3일

쉬는 시간 내내 M 녀석이 얼쩡거리기에 꼬투리를 잡아서 조금 팼다.

몇 대 맞지도 않았는데 막 울면서 진짜 아프다고 소릴 질렀다.

감시자를 조심하지 않으면 내가 다친다나?

저 새끼가 언제 내 걱정을 그렇게 했다고.

이젠 이상한 소리까지 하고 지랄이야.

4월 5일

안현민이 M 녀석을 잡아 왔다. M이 내 책상 앞에서 뭔가 하려던 걸 발견했다고 한다.

M에게 뭘 했냐고 물어보니까 아무것도 아니라고, 잘못했다는 말만 자꾸 되풀이하는데 짜증이 났다.

책상 서랍을 열어 보니 흰 봉투가 있었다.

아무것도 쓰여 있지 않은 봉투였는데 그걸 보고 안현민이 러브레터라고 킬킬거렸다.

봉투에 기분 나쁜 눈 모양의 그림이 그려져 있어서 M 녀석에게 그것이 뭐냐고 물어봤다.

녀석이 말도 못 하고 쫄아서 덜덜 떠는 게 한심했다.

자기가 넣어 놓고 왜 그렇게 벌벌 떠는 거야?

계속 M을 조졌더니 겨우 하는 말이 "난 경고했어! 넌 후회할 거야!"였다.

나는 M에게 후회는 지금도 매일 하고 있다고 말해 줬다.

안 그래? 너 같은 새끼와 절친이었다는 게 내 인생에서 제일 큰 후회다.

영준은 일기를 읽고 기분이 찝찝했다. 아무리 기억에 남아 있지 않다고 하지만 남을 괴롭힌 일을 아무렇지도 않게 버젓이 써 놓은 것은 보기에 거북했다.

영준은 그 거북함을 억누르고 일기를 다시 한 번 읽어 보았다. 지난번에 형에 대한 일기를 보내 왔던 것처럼 이번에는 무형에 대한 부분만 보낸 것이 우연은 아닌 것 같았다.

'무형이라는 애가 날 죽인 걸까? 감시자는 뭐지?'

곧 학교에 갈 시간이었기 때문에 영준은 생각나는 말을 스마트폰에 대충 기록한 후 밖으로 나왔다.

윤집사가 현관 앞에 차를 대기시켜 두었다.

"제가 보호자로 동행하겠습니다."

윤집사가 영준을 뒷좌석에 태우고 조수석에 올라탔다. 영준은 착잡한 심정이 한층 더 복잡해졌다.

'보호자.'

영준의 법적인 보호자는 부모님이다. 하지만 소생한 이후 그들을 만난 적이 없다. 대체 어떤 사람들인 걸까? 왜 집에 돌아오지 않는 걸까? 언제쯤 부모님을 만날 수 있을까? 영준은 기회가 있을 때마다 주변 사람들에게 물어보았지만 지소나 윤집사는 물론, 수다스러운 숙모까지도 어떠한 이유에서인지 입을 조개처럼 꽉 다물어 버렸다.

'그러고 보니 형에게 물어보면 되겠네!'

하지만 형이라고 대답해 줄지는 알 수 없었다.

자신을 테라스에서 밀었다고 생각하는 형과 피 한 방울 섞이지 않은 사촌 지소 그리고 가족이라고 느껴지지 않는 숙부와 숙모를 떠올리고는 한숨을 내쉬었다. 그중에 어느 누구도 영준의 진정한 가족이 아니었다.

부우웅.

영준을 태운 차는 아스팔트 길로 접어들었다. 영준은 뒷좌석에서 창밖으로 흘러가는 풍경을 천천히 바라보았다. 개구멍이 있는 부근을 지나쳤지만 겉으로 봐서는 개구멍이 있는 자리라고 알아채기 어려웠다.

시내로 나오자 사람들이 색색의 깃발과 간판을 거리에 설치하고 있었다. 간판에는 '신라 거리 문화 축제'라는 글귀가 적혀 있었다. 준비하는 사람들 가운데에는 교복을 입은 학생들이 섞여 있었다.

"축제?"

"예, 벌써 축제 기간이군요. 매해 이맘때면 하는 축제입니다. 꽤 유명하지요. 당일이 되면 거리 입구에서부터 절이 있는 곳까지 노점이 늘어섭니다."

영준은 절이라는 말에 민이 떠올랐다.

"저택 근처에 있는 절요? 거기에서도 무슨 행사를 하나요?"

"아뇨, 산 입구에 있는 절입니다. 저택 근처에 있는 절은 오래 전에……."

행사 행렬이 지나가는 바람에 차가 멈췄다. 떡볶이 집 앞이었다. 매콤하고 달달한 떡볶이 냄새가 차 안으로 스며들자 영준의 뱃속이 요동쳤다. 배가 고팠다. 민에게 에너지바와 빵을 받아먹었지만 한창 클 나이에 그것만으로는 버티기가 힘들었다.

"잠깐 기다려 주게."

윤집사가 갑자기 차에서 내렸다. 잠시 후 돌아온 윤집사는 영준에게 컵에 든 떡볶이를 건넸다.

"받으십시오."

"예?"

"요 근래 계속 식사를 제대로 못 하셨지요? 이거라면 드실 수 있겠습니까?"

"이걸 왜……."

"퇴원한 지 얼마 안 돼서 입맛이 없으신 거라면 좋아하는 걸 드시는 게 제일 좋지요."

"제가 이걸 좋아했어요?"

"그럼요. 하굣길에 너무 많이 드셔서 저녁 식사를 못 하시는 경우도 있었지요. 그때는 식사에 해가 가지 않는 정도로만 드시라고 말씀드렸습니다만 지금은 너무 안 드셔서 몸이 축나시지는 않을까 걱정됩니다."

떡볶이는 눈물이 날 만큼 맛있었다. 영준은 윤집사에게 속으로 사

144

과했다.

'집사 할아버지, 의심해서 죄송해요.'

학교는 영준이 생각한 것보다 훨씬 컸다. 학교는 마치 언덕 위에 있는 거대한 성채 같았다. 언덕 아래의 교문에서부터 범상치 않은 분위기가 풍겼다. 금속으로 된 현판에는 큼직하게 금색으로 학교 이름이 적혀 있었다.

신라고등학교는 신라를 대표하는 고등학교답게 학교 이름도 신라였다. 교무실 아래쪽에 마련된 주차장에 차가 멈추자 영준은 차에서 내렸다. 운전기사를 차에 남겨 둔 채 영준은 윤집사와 함께 학교 안으로 들어섰다. 고풍스러운 복도가 그들을 먼저 반겼다.

복도 벽에는 학교의 역사와 해마다 있었던 행사들과 관련된 사진 그리고 각종 대회에서 수상한 트로피가 전시되어 있었다. 아직 선생님과 만나기로 한 시간이 되지 않아서 영준은 천천히 복도를 걸으면서 전시된 것들을 둘러보았다. 전통 있는 학교답게 초창기 전시물들은 거의 유물에 가까워 보였다. 화랑도에 관련된 자료와 신라고등학교 출신의 유명 인사들은 박물관을 연상시켰다.

영준은 비교적 최근 것들이 전시된 공간으로 들어섰다. 비슷한 것들은 빨리 보고 지나치려는데 문득 익숙한 년도가 눈에 띄었다. 영준이 입학한 해였다. 영준은 그중에서 그 해의 이슈를 모아 놓은 게시판을 보았다. 입학식 사진 속에 영준이 있었다. 상장 같은 것을 들고 활짝 웃고 있는 모습이었다. 옆에서 어깨동무를 하고 있는 아이들은 친구들일까? 사진 속 영준의 표정만으로는 그렇게 못된 아이처럼 보이지 않았다.

입학 사진 앞을 지나려다 영준은 잠시 멈칫했다. 부서 활동에 참여하는 학생들의 얼굴과 이름이 적혀 있는 부분을 유심히 보았다. 이 학교에서 검도가 가장 유명한지 '검도'라는 글씨가 유난히 크고 굵었다.

'민이 검도부였지?'

그러고 보니 영준은 민의 성을 모르고 있었다. 이름이 외자인지 아니면 줄여서 민이라고 한 것인지도 알지 못했다. 영준은 단체 사진 속에서 민의 얼굴을 찾을 수 없었다.

'어? 검도부가 아니었나?'

빼놓고 지나쳤나 싶어서 단체 사진의 첫 열부터 다시 민을 찾았다.

"혹시 김영준 학생과 보호자 되시나요?"

낯선 목소리에 뒤를 돌아보니 한 여자 선생님이 교무실 문 앞에서 영준을 바라보고 있었다. 복도에 전시된 것들에 정신이 팔려 담임 선생님을 만나기로 한 시간이 지난 줄도 모르고 있었다. 영준과 윤집사는 교무실로 들어갔다.

"거기 앉으렴."

영준의 담임 선생님은 약간 무뚝뚝해 보였다.

"안녕하세요."

영준은 가볍게 인사를 하고 자리에 앉았다. 영준의 인사에 담임 선생님은 불편한 표정을 지었다.

"몸은 괜찮니?"

"예, 괜찮아요."

"그래……."

그러고는 영준과 선생님 사이에 말이 없었다.

"언제쯤부터 학교에 나오면 되겠습니까?"

보다 못한 윤집사가 나서자 담임 선생님은 깜짝 놀란 듯 눈을 크게 떴다.

"응? 어……, 건강만 괜찮다면 언제라도 괜찮지 않을까요? 영준이 는 언제부터 나오고 싶니?"

"잘 모르겠어요. 기억이 나지 않아서요."

"아, 그렇다고 했지……."

또다시 담임 선생님이 입을 다물었다. 그 침묵이 묘하게 무거워서 영준은 가능한 밝은 표정으로 물었다.

"선생님, 혹시 제가 누구랑 친했는지 아세요?"

담임 선생님의 얼굴에 당혹한 빛이 스쳤다.

"그, 글쎄? 난 너희 반을 맡은 지 얼마 안 돼서……."

담임 선생님은 말꼬리를 흐렸다. 그 말을 듣고 영준은 담임 선생님 이 왜 자신을 어려워하는지 알 수 있었다. 영준이 쫓아낸 담임 선생 님의 후임으로 온 모양이었다.

"딱히 네가 누구랑 친했는지 생각나는 이름이 없구나. 아, 태성이 나 호준이랑은 좀 친했던 것 같아. 이따 반에 가서 한 번 만나 보는 것도 괜찮겠다. 뭔가 생각날지도 모르니까."

"무형이는요?"

"무형이? 네가 무형이랑 친했었니?"

"아, 예……."

결국 담임 선생님에게서 얻은 것은 아무것도 없었다.

영준은 다음 주 월요일부터 학교에 나가기로 결정했다. 담임 선생님은 영준에게 기억은 잃었지만 몸이 아픈 것은 아니니 빨리 학교를 다니는 것이 바람직할 거라고 말했다. 하지만 영준이 돌아오는 것을 진심으로 반기는 눈치는 아니었다.

담임 선생님이 보호자에게 따로 할 말이 있다고 하자 영준은 윤집사를 남겨 두고 홀로 복도로 나왔다.

'2학년 4반이라고 했지?'

죽기 전까지 자신이 다녔던 반을 찾아갈 생각이었다. 친구들을 만나 보라는 담임 선생님의 말 때문만은 아니었다. 그저 예전에 다녔었고 앞으로 다니게 될 교실이 어떤 분위기인지 알고 싶었기 때문이다.

2학년이 있는 층은 2층이었다. 영준은 4반 교실을 눈으로 찾았다. 학교의 풍경들이 어딘가 익숙하면서도 낯선 느낌이었다.

딩동 댕동 딩딩동.

2학년 2반 앞에 도착했을 때, 마침 쉬는 시간이 되었는지 종소리가 울렸다. 아이들이 웃으며 복도로 쏟아져 나왔다. 그러나 복도에 서 있는 영준을 보자마자 모세가 홍해 바다를 가르듯 아이들이 옆으로 갈라섰다. 아이들의 시선이 모두 영준에게 쏠렸다.

"여, 영준이다."

"4반의 김영준? 죽은 거 아니었어?"

"소생했다더니 정말인가 봐."

영준은 아이들이 수군거리는 소리를 애써 무시하고 복도를 걸었다. 4반은 곧 찾을 수 있었다. 잠시 후 영준은 '2-4'라는 숫자가 크게 적힌 교실 앞에 섰다. 복도에 있던 학생들의 시선은 여전히 영준을 향해 있었다.

꽉 닫혀 있는 문이 자신을 거부하는 것만 같았다. 영준은 문 앞에서 잠시 심호흡을 하고는 문을 열었다.

"안녕!"

영준은 활기차게 인사했다. 교실 안의 소란이 일시에 멈췄다. 한창노는 중에 담임 선생님이 들어와도 이렇게까지 조용해지지는 않을 것같았다.

영준의 인사에 대답하는 사람은 아무도 없었다. 교실에 있는 모든눈동자가 영준을 빤히 바라보고 있었다.

영준은 들고 있던 손을 조용히 내렸다.

"어……, 나 기억 안 나?"

"기, 기억하지. 물론! 김영준! 괜, 괜찮아?"

뒷자리에 앉은 아이가 말했다.

"응. 괜찮아. 물어봐 줘서 고마워. 혹시 여기에 허무형이라고 있어?"

"무형이?"

아이들이 서로 눈치를 살폈다.

"오늘은 학교에 안 나온 것 같아. 그렇지?"

"어, 그, 그런 것 같다."

"혹시 그럼 그 허무형이라는 애⋯⋯."

영준이 다시 물으려고 했을 때였다.

"아 참, 나 매점에 다녀오는 걸 깜빡했어. 미안해, 이따 보자."

"참, 나도 친구한테 교과서를 빌려야 하는데!"

"난 도서관에 책 반납하러⋯⋯."

"나도, 나도!"

다들 그렇게 말하며 하나둘 나가 버렸다. 교실에 남은 아이들은 자는 척하거나 이어폰으로 귀를 막은 채 창밖만 보고 있었다. 나간 아이들과 남아 있는 아이들, 그들 중에 누가 친구였던 걸까? 영준은 속으로 쓴웃음을 지었다.

영준은 허무형에 대해서 알기는커녕 기분만 씁쓸해졌다. 예전의 자신이 얼마나 아이들에게 무서운 존재로 인식되어 있는지 확실히 알 수 있었다. 학교에서는 과거에 자신이 저지른 과오의 그림자만 느낄 뿐이였다. 영준은 저택으로 돌아가기로 했다.

복도가 너무나 길어서 끝이 나지 않을 것만 같았다. 햇빛이 비치는 현관이 나타나자 반가웠다. 영준은 재빨리 현관을 빠져나갔다. 그때였다.

픽!

무거운 것이 박살 나는 소리에 영준은 깜짝 놀라 그 자리에 멈췄다. 영준의 발치에 화분이 뭉개져 있었다. 등골이 서늘해졌다. 어디에서 떨어진 걸까? 누군가가 일부러 떨어뜨린 걸까? 영준은 재빨리 고개를 들었다. 4층 창문에서 내려다보고 있는 누군가와 눈이 마주쳤다. 머리를 짧게 깎은 소년이 깜짝 놀라 창문 안으로 숨어 버렸다.

틀림없다! 저 녀석이다! 영준은 학교 안으로 들어가 계단을 뛰어올랐다. 단숨에 4층까지 올랐지만 창문 앞에는 아무도 없었다. 나란히 배열되어 있는 화분 중 하나만 비어 있을 뿐이었다. 영준은 시험 삼아 화분 하나를 건드려 보았다. 묵직한 화분은 일부러 밀지 않고서야 난간 너머로 떨어지지 않을 것 같았다.

그 녀석은 누구였을까? 전에 알았던 녀석일까? 혹시 지금도 어디선가 날 지켜보고 있는 게 아닐까?

그 생각을 하자 소름이 오싹 끼쳤다. 영준은 서둘러 계단을 내려갔다. 한시라도 빨리 이 자리에서 도망치고 싶었다. 삽시간에 현관까지 내려와 주차장에 세워져 있는 차로 달려갔다. 윤집사가 돌아오기가 무섭게 차는 교문 밖으로 쏜살같이 빠져나갔다.

허무형

'그 녀석은 대체 누굴까?'

저택으로 돌아오는 내내 영준은 학교에서 본 얼굴을 곱씹었다. 그 녀석은 누구이며 왜 자신을 죽이려 했을까? 그 녀석은 눈을 크게 뜨고 있었다. 당혹스러우면서도 영준이 다치지 않았다는 사실에 안도한 표정이었다. 잘못 본 걸까?

'아니, 그럴 리가 없다. 나를 죽이려고 한 녀석이 내가 피했다고 안도했을 리가 없다. 무거운 화분을 난간 너머로 밀고는 홀가분해하던 표정을 내가 잘못 보았던 것이다. 뒤늦게 내가 화분에 맞지 않았다는 사실을 알고 당황한 거야.'

영준은 그렇게 결론지었다.

'이따가 그 녀석에 대해서 민에게 말해야겠어.'

저택에 돌아오자마자 영준은 재빨리 차에서 내렸다. 그러고는 곧바로 자신의 방으로 올라갔다. 아니, 그러려고 했다.

"잠깐 나랑 얘기 좀 해."

지소가 영준을 붙잡았다.

"어……, 나중에 하면 안 될까? 내가 좀 바빠서."

얼마 후에 민을 만나러 나갈 생각이었기 때문에 영준은 난처했다. 하지만 지소는 물러설 기세가 아니었다.

"시간을 오래 빼앗지 않을 거야."

"무슨 일인데?"

"여기에서는 얘기하기 그러니까 네 방으로 가자."

영준은 지소가 왜 그러는지 알 수가 없었다. 하지만 지소가 재촉하자 마지못해 방으로 올라갔다.

"대체 무슨 일인데 그래?"

영준은 문을 닫으면서 지소에게 물었다.

"너 네가 어떻게 죽었는지 캐고 다니는 거지?"

순간 영준은 그 사실을 지소가 어떻게 알았는지 궁금했다. 그 표정만으로도 충분한 대답이 되었는지 지소는 한숨을 내쉬었다.

"역시 그랬구나."

"어떻게 알았어?"

"요즘 네 행동이 수상해서 혹시 그런 게 아닌가 생각했어. 너 설마 네가 죽은 게 단순한 사고가 아니라고 생각하는 거니?"

이미 영준의 표정이 그렇다고 대답을 해 버렸다.

"그럼 아니야?"

지소는 잠시 주저하다가 말했다.

"더 이상 알려고 하지 마. 알아서 네게 좋을 건 하나도 없으니까."

"어째서?"

지소는 대답 대신 질문을 했다.

"너, 감시자가 뭔지 알아?"

"감시자?"

영준은 머리를 뒤통수로 얻어맞는 느낌이었다. 일기장에도 같은 말이 있지 않았던가!

"그게 뭐야?"

"일종의 도시 전설 같은 거야. 이 경우는 학교 전설이라고 해야 하나? 나라에서 극비리에 아이들을 감시하기 위해 각 학교에 사람을 심어 놓았는데, 그들을 감시자라고 해."

"왜 애들을 감시해?"

"신력에 대해서는 알지? 신력을 타고난 아이들이 있거든. 신력 보유자라고 하는데 신력이 강하게 타고난 아이들은 정서가 좀 불안해서 쉽게 잔인해질 수 있대. 그 상태로 내버려 두면 신력을 가진 아이의 정신이 부서져 버린다고 해. 그렇게 되면 나라에 쓸 인재가 쓸모없게 되니까 그런 일이 발생하지 않도록 대비하는 거야. 바로 감시자를 시켜서 학생들 틈에 있는 신력 보유자를 지켜보는 것이지."

"그런 애들이라면 차라리 특수 학교에 보내는 게 낫지 않아? 기분

나쁘게 왜 지켜보는 거야?"

"신력을 다루는 데에는 정신력이 필요하대. 신력을 올바르게 다루고 활용하려면 인성이 제대로 발달할 필요가 있다는 뜻이겠지. 인성 발달을 위해선 학교만큼 좋은 곳도 없잖아."

"감시만 해?"

"가끔 애들이 삐딱하게 나가려고 하면 편지를 보내는데, 내용이 없는 빈 봉투만 보낸대. 그 봉투에는 눈 모양이 그려져 있댔어. 그리고 그 편지를 받은 애들은 쥐도 새도 모르게 사라진다고 했던가?"

영준의 심장이 쿵쾅쿵쾅 뛰기 시작했다. 너무 세게 뛰어서 지소의 귀에도 그 소리가 들리지 않을까 걱정될 정도였다.

'그 녀석이야!'

영준에게 편지로 일기를 보내고 있는 녀석. 그 녀석이 바로 감시자인 걸까? 아니면 누군가가 감시자의 행세를 하면서 협박하고 있는 걸까?

"그 감시자가 우리 학교에도 있을까?"

"글쎄? 신라고등학교 같은 명문 학교에는 더더욱 감시할 만한 인재가 많겠지?"

"감시자를 만나 본 적 있어?"

"도시 전설 같은 거라고 했잖아. 진짜인지 아닌지는 몰라. 하지만 아이들 사이에 공공연하게 퍼져 있는 소문이야. 아직 감시자를 만나 봤다는 애들은 없어…… 학교 수위 아저씨가 감시자라느니, 아니면 선생님들 중 한 명이라느니, 매점 아줌마라는 등 여러 가지 소문이 있는데 진실은 알 수 없어."

"그런데 그 감시자에 대한 얘기를 왜 나한테 하는 거야?"

영준은 조심스레 물었다. 자신이 죽은 이유를 알아서는 안 되는 것과 뭔가 연관이 있는 것 같아서였다. 하지만 지소는 눈을 동그랗게 뜨고 말을 돌렸다.

"월요일부터 학교에 간다면서? 이런 기본적인 상식 정도는 알아 두는 게 좋지 않을까 해서."

"그것뿐이야?"

"그것 외에 뭐가 필요한데?"

"기본적인 상식이라면 차라리 시간표라든가, 주의 사항이라든가 강당 위치라든가, 식당 메뉴를 알려 주는 게 맞지 않아?"

"그런 건 다른 사람들이 다 말해 줄 거잖아. 말해 주지 않아도 가 보면 금방 알게 될 텐데 왜 굳이?"

영준은 지소의 말에 적잖이 실망하고 말았다.

"뭐, 어쨌든 난 감시자가 있다고 생각해. 그것뿐이야."

지소는 더 이상 말하지 않았다.

"그럼 난 이만 가 볼게."

"잠깐!"

영준은 지소의 팔을 붙들었다.

"잠깐. 넌 아직 왜 내가 어떻게 죽었는지 알면 안 되는지 설명해 주지 않았어."

"이유 따윈 중요하지 않아. 그냥 그렇게 알고 있으면 돼."

"뭐야? 고작 그런 쓸데없는 얘길 하러 온 거야? 난 알아야겠어! 지금도 누군가 날 죽이려 하고 있다고!"

결국 영준은 민과 영실에게만 말한 비밀을 내뱉었다.

지소가 가다 말고 멈칫했다.

"누가 널 죽이려 하고 있다고?"

"그래."

영준은 지소가 자신의 말에 흥미를 보였다고 생각했다. 그러나 그것은 오산이었다.

"그건 네 착각이야."

지소는 살짝 고개를 돌려 어깨 너머로 영준을 보고는 그대로 밖으로 나가 버렸다.

그날 저녁 식사 전에 영준은 다시 개구멍을 빠져나가 약수터로 갔다. 하지만 민은 보이지 않았다. 그저 운동 나온 몇몇 사람들만 약수터 옆의 운동 기구에서 움직이고 있었다. 영준이 한참을 두리번거리자 목에 수건을 두른 한 아주머니가 영준을 이상하게 보았다. 영준은 하는 수 없이 그대로 저택으로 돌아왔다.

영준은 다음 날 저녁이 돼서야 민을 다시 만날 수 있었다.

"왜 어제 저녁에 나오지 않았어?"

영준은 민을 보자 다짜고짜 물었다.

"미안! 급한 아르바이트가 생겨서 도저히 시간을 뺄 수가 없었어."

"아르바이트?"

"응, 전단지 돌리는 거야. 아는 형이 몸이 아프다고 하는 바람에 대타를 뛰어야 했거든. 하지만 덕분에 이번 주말은 완전 프리야! 그나저나 뭔가 더 알아낸 게 있어? 또 일기를 받았다던가……."

"오늘은 안 보냈더라."

영준은 민에게 스마트폰을 보여 주었다. 민은 스마트폰에 적힌 내용들을 꼼꼼히 읽고 자신의 수첩에 옮겨 적었다. 화분을 던진 녀석에 관한 정보를 보고 민이 고개를 들었다.

"학교에서 습격당했어?"

"응. 쫓아갔는데 놓쳤어."

"아는 얼굴이었어?"

"몰라. 소생한 후로는 만난 적이 없는 사람이야."

"흐음……. 별일 없어서 다행이네."

습격당한 게 바로 별일이라고 말하고 싶었지만 왠지 영준은 따질 기운이 없어서 한숨만 푹 쉬었다.

"아, 나도 약속대로 너랑 무형이의 관계를 좀 알아봤어."

영준에게 스마트폰을 돌려주면서 민이 말했다.

"무형이가 예전에 살던 동네에 가 봤는데 너랑 무형이가 정말로 친하긴 했었나 보더라. 그 동네에서 너랑 무형이를 모르는 사람들이 없더라고. 허구한 날 장난질을 쳐서 동네 사람들이 아주 곤란해했었대."

　민이 알아온 무형에 관한 정보는 영준이 예상했던 것보다 상세했다.

　"그건 어떻게 알아낸 거야?"

　"그 정도쯤이야 수다쟁이 동네 아줌마들이랑 조금만 떠들면 나오
는 이야기인걸?"

　"그런데 갑자기 너희 둘이 같이 어울리지 않았대. 그 즈음에 무형
이네 집이 망했나 봐."

　"망해?"

　"응, 무형이네는 원래 잘사는 집안이래. 너희 집처럼 이름난 진골
귀족은 아닌데 그래도 진골 피가 약간 섞여 있다고 해. 귀족 집안에
서 행사가 있으면 꼬박꼬박 초대장을 받는 정도였다니까. 그런데 무형
이네 아버지가 보증을 잘못 섰어."

　무형의 아버지는 친척 말에 속아 빚보증을 섰는데 그 망나니 같은
친척은 그대로 내빼고, 거액의 빚만 무형의 아버지에게 돌아왔다. 무
형의 아버지는 온갖 방법으로 손을 써 보았지만 빚은 삽시간에 늘어
났다. 결국은 회사가 도산되고 조상 대대로 물려받은 집도 잃고, 도
망치듯이 이사를 갈 수 밖에 없었다고 했다.

　"그래도 무형이네 아버지는 무형이가 신라고등학교에 입학하기를
바랐어. 하나뿐인 아들이니까 좋은 교육을 받게 해 주고 싶으셨던 거
지."

　"……내가 그런 애를 괴롭힌 거야?"

영준은 죄책감이 들었다. 집이 망해도 아버지의 기대를 저버리지 않기 위해 열심히 학교에 다니던 아이를 마구 짓밟은 게 자신이라는 사실이 괴로웠다.

"뭔가 이유가 있을 거야."

"무슨 이유? 친하게 지냈던 친구네 집안이 망하니까 친구를 괴롭혔단 말이잖아!"

영준의 목소리가 커지자 운동하던 한 아저씨가 두 사람을 흘끗 바라보았다.

"넌 네가 집이 망했다고 친구를 버렸을 아이라고 생각해?"

"그게 사실이잖아."

영준의 말에 민은 인상을 찌푸렸다.

"널 만나기 전까지는 나도 소문만 듣고 네가 아주 못된 애인 줄만 알았어. 하지만 널 만나고 보니 생각이 바뀌더라. 내가 보기에 넌 그런 사소한 이유로 친한 친구와 절교할 만한 사람이 아니야."

"빈말이라도 고맙다."

"빈말이 아니야. 분명 난 너랑 무형이 사이에 무슨 일이 있었다고 생각해."

"무슨 일?"

"나야 모르지. 너랑 무형이 사이에 무슨 일이 있었는지는 당사자들만 알겠지. 하지만 갑자기 서로 등을 돌린 데에는 분명 이유가 있을 거야. 그 이유를 알면 네가 일방적으로 무형이를 괴롭힌 것도 이해할 수 있을지 몰라. 그런 의미에서 말인데……."

민이 조심스럽게 입을 열었다.

"무형이를 만나 볼래?"

영준은 서둘렀다. 지금 돌아가지 않으면 자신이 방에 없다는 사실을 윤집사가 눈치채게 된다. 황급히 개구멍을 통해 저택에 돌아와서 뒷문을 통해 안으로 들어갔다.

하지만 영준은 윤집사의 심드렁한 얼굴과 곧바로 마주쳤다.

"어딜 다녀오십니까?"

"그게요, 정원에서……."

정원에서 바람을 쐬었다고 둘러대려다가 영준은 입을 다물었다. 윤집사 뒤편에 지소가 앉아 있는 것이 보였다. 자신이 방을 비운 것을 지소가 윤집사에게 일러바친 걸까? 윤집사는 이미 영순이 몰래 저택을 빠져나갔다는 사실을 알고 있는 듯했다.

거짓말을 해 봤자 소용이 없다는 것을 깨닫고 영준은 더 이상 아무 말도 하지 않았다.

"들어가 볼게요. 입맛이 없으니까 저녁 식사는 준비하지 마세요."

영준이 윤집사를 지나쳐 계단에 발을 딛을 때였다.

"요새 들짐승들이 정원에 많이 드나드는 것 같습니다. 어딘가 개구멍이라도 생긴 건지……."

윤집사에 말에 영준은 뜨끔했다. 영준은 당황한 것을 들키지 않으려고 재빨리 방으로 올라갔다. 그동안 지소는 영준을 씹어 먹을 듯한 얼굴로 지켜보고 있었다.

　방에 도착하자마자 영준은 침대에 누워 일기장과 스마트폰을 꺼내 들었다.

　　　　민이 무형에 대해 말해 줌.
　　　　내가 무형과 소꿉친구였다는 형의 말이 사실이라는 것을 확
　　　　인함.
　　　　무형이 사건 당일 저택에 왔었다는 말도 사실인 것으로 추정.
　　　　내가 무형을 많이 괴롭혔다고 함. 무형이 날 미워하는 것도
　　　　당연함.
　　　　정말 무형을 만나 봐야 할까?

　영준은 민과 나누었던 대화를 곱씹었다.
　"무형이를?"
　무형을 만나 보라는 민의 말에 영준은 깜짝 놀라 고개를 들었다.
　"내, 내가 무슨 낯으로 걔를 만나? 아마 걔도 날 보고 싶지 않을 거야."
　그러나 민이 한 말은 영준의 예상과는 전혀 달랐다.
　"무형이는 널 만나고 싶어 해. 나한테 어떻게 하면 널 만날 수 있는 지 물어보기까지 했는걸."

"뭐?"

영준은 혼란스러웠다.

'민이 정말 무형을 만났던 것일까?'

민이 더벅머리를 긁적이며 난처하게 웃었다.

"미리 말하지 않아서 미안해. 어제 저녁에 못 나온 건 전단지 아르바이트도 있었지만 무형이를 만났기 때문이야. 아, 오해는 하지 마. 일부러 만나려고 했던 것은 아니니까."

민은 손을 세차게 저었다.

영준은 아무 말도 하지 않았다. 민이 무슨 생각으로 무형을 만난 걸까?

"그냥 무형이네 집 근처에 간 김에 무형이를 만났어. 너에 대한 건 말 안하고 그냥 네가 죽던 날 저택에 왔었는지만 확인하려고 했는데 무형이가 갑자기 사색이 되어서는 네가 괜찮은시 물어보더라. 그 외에도 여러 가지를 꼬치꼬치 캐묻는 바람에 네 얘길 해 줄 수밖에 없었어. 무형이가 너를 만나고 싶다고 전해 달래."

민은 영준의 반응을 살피며 조심스레 덧붙였다.

"무형이가 직접 네게 말하고 싶은 게 있는 모양이야. 어떡할래?"

"……"

영준은 한동안 대답할 수가 없었다.

"날 죽이려 하는 사람이 무형이일지도 모르잖아? 그런데 무형이를 만나도 괜찮을까? 만일 위험하면 어떡하지?"

"······나도 잘 모르겠어."

민은 솔직하게 대답했다.

"하지만 이건 약속할게. 만약에 네가 무형이를 만나러 간다면 내가 함께 갈 거야."

그 말을 듣자 영준은 가슴을 쓸어내렸다. 마음을 짓누르던 묵직한 것이 한결 가벼워진 느낌이었다. 그렇지만 역시 무형을 만나겠다고 선뜻 대답하긴 어려웠다.

"······고민해 볼게."

영준은 그렇게 대답하고는 바로 저택으로 돌아왔다.

'어떻게 할까?'

영준은 무형을 만나는 것이 두려웠지만 만나고 싶기도 했다. 무형이 자신을 만나서 무슨 말을 해 줄지 두려웠다. 하지만 과거의 자신에 대해 무형만큼 정확하게 말해 줄 사람도 없었다. 무형은 초등학생 때부터 중학생 때까지 가장 친한 친구였던 영준과 자신을 괴롭힌 악마 영준을 동시에 알고 있는 유일한 사람이었다.

무형은 무슨 말을 하고 싶은 걸까? 나에게 욕이라도 퍼부을 생각인 걸까? 아니면 이제는 그만두라는 하소연을 할 생각인가? 어느 쪽이든 껄끄럽기는 마찬가지일 것이다.

영준은 일기장을 뒤적이면서 고민했다. 과거의 자신은 왜 그렇게 무형을 괴롭혔을까?

배신

"만나 볼게."

다음 날 영준은 민을 만나자마자 말했다.

"그렇게 결정했구나."

민은 가방을 들고 벤치에서 일어났다.

"그럼 가자."

"뭐? 지금?"

"응. 혹시 오늘 바빠?"

"아니, 그런 건 아니지만……."

"잘됐네. 쇠뿔도 단김에 빼랬잖아. 이런 일은 마음먹었을 때 바로 하는 게 나아. 그리고 너 월요일부터는 학교에 가야 하잖아. 학교 다니게 되면 따로 시간 내기 힘들걸?"

민의 말이 맞았다. 무형이 범인이든 아니든 이 시점에 무형을 만나야만 했다.

'집사 할아버지가 눈치챌 텐데……. 아냐, 집사 할아버지는 이미 알고 있는 것 같은 눈치였어. 나중에 사실대로 말하지, 뭐.'

"좋아, 가자."

영준은 대답했다.

"무형이네에 가려면 여기서 버스를 타야 해. 버스비는 있지?"

민이 영준에게 물었다.

"오늘 지갑 가져왔어."

영준은 민에게 에너지바 값을 주고 조금 더 사 달라고 말할 생각으로 지갑을 들고 왔다.

"버스비…… 이만 원이면 돼?"

민이 웃음을 터뜨렸다.

"야, 무슨 버스를 이만 원이나 주고 타냐? 고속버스 타고 여행가는 것도 아니고……. 그냥 천 원짜리 한 장만 꺼내."

"그런 거야? 하지만……."

영준의 지갑에는 만 원짜리와 오만 원짜리 지폐뿐이었다.

"뭐야, 천 원짜리도 없어? 그럼 교통카드는?"

버스비가 얼마인지도 모르는 영준이 교통카드를 알 턱이 없었다.

"교통카드가 뭐야?"

"하여튼 도련님들은 이래서 안 된다니까. 어디 보자……."

민은 영준의 지갑을 살폈다. 민은 미간을 살짝 찌푸렸다.

"오늘은 내 카드를 쓰자. 너 버스비 나한테 빚진 거다. 알았지? 이자 붙여서 이천 원만 주세……, 아니 됐고, 이따가 밥이나 사 줘."

"응."

버스는 곧 도착했다. 낮이라 그런지 버스 안은 한산했다.

"왜 그렇게 두리번거려? 너 버스 처음 타…… 보는 거겠구나. 여기, 의자에 앉아. 후유……, 유치원생 가르치는 것도 아니고."

버스는 시내로 들어섰다. 차들이 많은 거리를 지나 도착한 곳은 산비탈에 세워진 주택가였다.

"여기서부터는 걸어가야 해."

민은 영준을 챙겨서 버스에서 내린 뒤 앞장서서 언덕길을 오르기 시작했다. 영준은 민을 따라 걸었다. 민은 거미줄 같이 뻗어 있는 골목에서 길을 한 번도 잃지 않고 무형의 집을 찾아냈다.

"문 열어! 문 열라니! 안에 있는 거 다 알아!"

무형의 집 앞에서 한 무리의 사람들이 양철로 된 대문을 발로 차며 고함을 지르고 있었다.

"이크, 우리가 안 좋을 때 왔나 봐."

민이 길 모퉁이에 황급히 숨으며 영준에게 속삭였다.

"아버지는 집에 안 계세요! 다음에 다시 오세요!"

문 안에서 목소리가 들렸다.

"있는데 왜 대답을 안 해? 그리고 그 말을 어디 한두 번 들어? 거짓말 좀 작작해! 숨어 있으면서 없는 척하는 거 누가 몰라? 문 안 열어?"

"정말 안 계시단 말이에요! 믿어 주세요!"

"문 열라고! 당장!"

소년과 한 무리의 사람들의 실랑이는 계속 이어졌다.

"저대로 두면 안 되겠는데?"

"영준아? 뭘 하려고?"

영준은 스마트폰을 꺼냈다.

"아, 경찰이죠? 여기 신의동인데요. 밖에서 무슨 일이 있나 봐요. 시커먼 사람들이 옆집 대문을 걷어차고 화분 깨뜨리는 소리에 완전 시끄러워 죽겠어요. 이거 고성방가로 끌고 가 주셔야 하는 거 아니에요? 곧 오신다고요? 네, 빨리 좀 와 주세요."

"넌 또 뭐야?"

앞장서서 대문을 차던 남자가 영준을 노려보았다. 몸 쓰는 일을 하는 사람인지 덩치가 크고 눈매가 매서웠다. 남자가 노려보자 영준은 겁이 나서 그 자리에 주저앉고 싶었지만 꾹 참고 대답했다.

"옆집 사람이오."

다리가 후들거렸지만 영준은 생각해 둔 뒷말을 이었다.

"고, 곧 경찰이 온다고 했어요! 다, 당장 가는 게 좋을걸요?"

의연하려고 노력했지만 떨리는 것은 어쩔 수 없었다. 몸이 떨리는 바람에 말도 더듬더듬 튀어나왔다. 영준은 남자가 자신이 겁먹었다는 것을 알고 해코지할까 봐 두려웠다. 아, 왜 이런 무모한 짓을 한 걸

168

까? 영준은 뒤늦게 후회했다.

"에잇, 재수가 없으려니 어디서 이상한 것까지 지랄이야……."

남자가 오만상을 찡그리며 중얼거렸다. 하지만 목소리가 좀 전처럼 기세등등하지 못한 것이 영준의 말이 통한 모양이었다.

"내일 또 올 테니 그리 알라고!"

남자는 이미 찌그러질 대로 찌그러진 대문을 다시 세차게 걷어차고 침을 퉤 뱉고는 비탈길을 내려갔다. 다른 사람들도 남자의 뒤를 따라 그 자리를 떠났다.

"으아……. 죽는 줄 알았다."

"괜찮아, 이제 갔어."

영준과 민은 놀란 가슴을 쓸어내렸다.

영준은 이미 한 번 죽어 봤기 때문에 또 다시 죽고 싶지 않았다. 죽었을 때의 고통은 남아 있지 않았지만 살아난 후의 재활 과정은 정말 끔찍했기 때문이었다.

"야, 왜 그런 행동을 해? 그 사람들이 해코지하면 어쩌려고 그랬어?"

"몰라……. 그럼 어떻게 해? 어쨌든 그 사람들이 갔으니 됐잖아."

"경찰은?"

영준은 대답 대신 스마트폰에 남은 통화 내역을 보여 주었다. 경찰서에 전화를 건 흔적이 없었다.

"근데 너 그건 왜 들고 있어?"

영준은 민에게 물었다.

민은 가방을 들고 있었다. 목검을 꺼내기 위해서였는지 가방의 지퍼가 내려가 있었다.

"아, 그 사람들이 너 때리려고 하면 도와주려고……."

민은 그렇게 말하면서 황급히 가방의 지퍼를 올렸다. 순간, 영준은 가방 속에서 무언가 반짝이는 것을 보았다.

'가방 속에서 뭔가 반짝인 것 같았는데……?'

가방 속에 있는 것이 목검이라면 반짝일 리가 없었다. 하지만 영준은 금속에 빛이 반사되는 것을 본 것 같았다.

'잘못 봤겠지.'

"김영준?"

낯선 목소리에 영준은 뒤를 돌아보았다. 빚쟁이들이 발로 걷어찰 때 굳게 잠겨 있던 대문이 어느새 살짝 열려 있었다. 그 틈으로 얼굴 하나가 불쑥 튀어나와 있었다.

"앗, 너는!"

그 얼굴이었다. 학교에서 영준에게 화분을 던졌던 아이! 놀란 듯 안도한 듯 애매한 표정으로 내려다보고 있던 바로 그 녀석이었다. 영준은 그 자리에서 벌떡 일어나 문 앞으로 다짜고짜 달려들었다.

"야! 너지? 네가 범인이지? 날 죽이려고 한 거 너 맞지?"

"영준아, 왜 그래?"

민이 뒤에서 소리쳤지만 영준의 귀에는 들리지 않았다.

"내가 너 때문에 얼마나 힘들었는지 알아?"

영준이 무형에게 따졌다.

"나도 힘들었어!"

순간, 영준은 주먹을 쥔 손을 내렸다.

"나도 힘들었다고……."

무형은 울고 있었다.

문득 영준은 민에게서 들은 말을 기억해 냈다. 목숨을 잃기 전에 자신이 무형을 어떻게 대했는지를. 자신이 무형에게 한 짓은 너무나 잔인해서 무형이 자신을 죽이고 싶다 해도 이상하지 않다는 사실을.

'나는 왜 그랬을까?'

영준이 아무 말도 하지 않고 무형을 보았다.

무형이 울먹이며 말했다.

"그리고 죽이려 한 거 아니야……."

무형의 말에 영준은 깜짝 놀랐다.

"하지만 화분을 네가……."

"그래, 내가 화분을 떨어뜨렸어! 하지만 죽이려고 한 건 아니야! 그건 그냥 위협이었어!"

"저기……, 여기서 떠들지 말고 우리 안으로 들어갈까?"

민이 다가와 말했다.

무형의 집은 비좁았다. 너무 넓어서 마음을 불안하게 만드는 저택과는 정반대였다. 영준의 방보다 무형의 가족이 모두 지내는 집이 더

좁았다. 지금은 무형의 아버지가 안 계신다는 말은 변명이 아니라 사실이었다.

"아무 데나 앉아."

무형은 이부자리를 한쪽으로 밀고는 영준과 민에게 말했다.

"그 사람들 매일 와?"

"아……, 응. 뭐…… 오늘은 괜찮은 편이었어. 집 밖에서 밤새도록 문을 두드리는 일도 있고 그래. 그러다 지치면 제 풀에 그만두겠지."

"힘들겠구나."

"이젠 익숙해져서……. 보리차 괜찮지?"

"응……."

무형은 냉장고에서 보리차를 꺼내서 영준과 민에게 따라 주었다. 영준과 민은 유리잔에 담긴 보리차를 조용히 입에 대었다. 보리차는 시원했다.

셋은 서로 눈치를 살피며 보리차를 다 마셨다.

"있잖아."

"왜 날……."

적막을 깨고 영준과 무형이 동시에 입을 열었다. 그리고 동시에 입을 다물었다. 또 다시 적막이 흘렀다.

"왜 날 위협하려고 한 거야? 죽이려 한 건 아니라면서?"

영준이 먼저 말을 꺼냈다.

"그 전에 미리 말해 두고 싶은 게 있어."

영준은 입을 다물었다.

"소생하면서 기억을 모두 잃었다고 들었는데, 우리 둘 사이에 무슨 일이 있었는지는 알고 있어?"

무형의 말이 영준의 심장을 따끔하게 찔렀다.

"내가 널 괴롭혔다는 건 알아."

"그럼 왜 날 괴롭혔는지는?"

"그건……."

무형은 민을 바라보았다. 민이 가볍게 고개를 끄덕이자 무형은 심호흡을 하고는 입을 열었다.

"응. 그건 네가 반드시 알아야 하는 이야기야. 나는 이 얘길 직접 네게 들려줘야 한다고 생각했어……."

영준과 무형은 초등학생 때부터 단짝이었다. 사이가 틀어진 것은 두 사람이 고등학교 입학을 앞둘 때였다. 중학교 3학년, 여름방학의 끝자락에 무형에게 청천벽력 같은 일이 일어났다.

"미안하다, 무형아."

처음 보는 아저씨들이 집의 모든 가구에 빨간 딱지를 붙이는 동안, 무형의 어머니는 무형을 안고 달랬다. 하지만 무형은 그 손을 뿌리치고 밖으로 달려 나갔다.

"아버지 사업이 망해서…… 이제 이곳에서 살 수 없어. 지금 엄마가 이사 갈 집을 찾아보고 있으니까……."

무형은 달리면서 어머니가 한 말을 곱씹었다. 무형은 어머니가 무슨 말을 하려는지 알고 있었다. 이제까지 무형이 알던 세계는 죽어 버린 것이다.

무형의 가족은 언제 길거리에 내몰릴지 알 수 없는 상황이었다.

"아, 무형아! 지금 너네 집에 가던 중이었는데 여기서 다 만나네?"

공교롭게도 그 길에서 무형은 우연히 영준을 만났다. 무형은 눈물이 그렁그렁 맺힌 눈으로 영준과 마주치자 당황했다. 영준에게만은 지금의 모습을 들키고 싶지 않았다.

"전에 말했던 게임 샀어! 오늘은 밤새도록 이거 하면서 놀자!"

"지……, 지금 바빠!"

무형은 그렇게 소리치고 영준을 지나쳐 거리로 달려 나갔다.

"어? 왜 그래? 너 울었어?"

뒤에서 영준이 외치는 소리가 들렸지만 무형은 대답하지 않았다.

무형은 주택가에 있는 놀이터에서 고개를 푹 수그린 채 그네에 앉았다. 늦은 시간이라 공원은 한적했다. 이 놀이터는 무형이 영준과 자주 놀았던 장소였다. 무형은 영준을 좋아했다. 영준은 무슨 일이든 앞장서고 악동답게 못된 장난을 칠 때에도 샌님처럼 빼는 법이 없었다. 무형은 영준과 함께 있을 때면 항상 신이 났다. 물론 두 사람은 주위 사람들에게는 골칫거리였겠지만. 엊그제에도 여기에 함께 있었는데……

집이 망했으니 이젠 나를 친구로 생각하지 않겠지? 모두 끼리끼리

노는 법이니까. 하지만 무형이 아는 영준은 그런 녀석이 아니었다. 그렇지만 이제까지처럼 영준과 친하게 지낼 자신이 없었다. 언뜻 영준이 무형에게 동정의 시선을 보내기라도 한다면 무형은 죽고 싶을 만큼 비참해질 것이 분명했다.

"너 '화랑회'라고 알아?"

중학교 3학년 여름방학이 시작되던 날, 영준이 그렇게 물었다. 화랑회는 무형도 들어서 알고 있었다. 명문인 신라고등학교에 있는 학생 클럽이었다. 집안 좋고 신력이 뛰어난 학생들 중에서도 상위권에 속하는 학생들로만 구성된 그룹으로, 그 안에 들어가면 앞길이 고속도로처럼 뻥 뚫린다고 할 정도로 혜택이 좋았다. 한마디로 엘리트 집단이었다. 그 그룹에 속한 학생들이 다른 학생들보다 자신들이 뛰어나다는 우월감을 가지고 있는 것도 당연한 일이었다.

"고등학교에 가면 나랑 같이 거기 들어가자. 화랑회에 들어가면 나중에 여러모로 도움이 많이 된대. 대학 들어갈 때에도 가산점이 있고, 무엇보다 인맥이 생기니까."

영준은 무형이 자신과 같은 신라고등학교에 갈 것을 믿어 의심치 않았다. 무형도 마찬가지였다. 자신이 화랑회에 들어갈 만한 성적은 안 되지만 신라고등학교에는 입학할 거라고 믿고 있었다.

"에이, 난 너만큼 공부를 잘하는 편도 아닌걸. 들어보니까 화랑도는 엄청 빡세다던데 내가 어떻게 거길 들어 가냐?"

"왜? 이제부터 공부 좀 하면 되지? 입학한 후에 배치고사에서 좋은 성적을 받으면 된다던데? 너라면 문제없을 거야."

영준은 그렇게 말하면서 씨익 웃었다. 무형은 그때 영준의 얼굴을 떠올리자 가슴이 아팠다. 그 얼굴은 고민거리라고는 하나도 없는 귀족 집안의 도련님 그 자체였다. 반면에 무형은 몹시 자존심이 상했다. 영준은 무형이 느끼는 그런 감정들을 평생토록 알지도 느끼지도 못할 것이기 때문이었다. 무형은 괴로웠지만 영준과 변함없는 관계를 유지하고 싶었다.

무형의 어머니는 남부럽지 않게 살아온 사람치고는 생활력도 있고 세상 물정에 밝은 편이었다. 앞으로는 빚 때문에 자신과 남편이 버는 돈만으로는 생활하기조차 빠듯하리라는 사실을 알고 있었다. 무형이 신라고등학교에 진학하고 싶어 한다는 것을 알았지만 비싼 등록금 때문에 쉽게 허락해 줄 수 없었다. 자식 이기는 부모는 없다고, 무형의 아버지가 무형의 편을 들었다.

"그래. 앞날을 위해서 그 학교에 가는 게 좋겠지. 내가 어떻게 해서든 너를 신라고등학교에 보내 주마. 그러니 염려 말고 공부나 열심히 해라."

아버지의 약속을 받아 낸 무형은 공부를 했다. 신라고등학교에 들어가서 처음 치르는 배치고사에서 좋은 성적을 받아야만 화랑회에 들어갈 수 있기 때문이었다. 그 즈음부터 무형은 영준을 조금씩 멀리했다. 영준에게 다시는 자신의 집으로 찾아오지 말라고 전한 것도 그 즈음이었다. 무형은 영준에게 이사 간 사실을 숨겼다. 영준은 왜 무형이 자신을 멀리하는지 의아할 뿐이었다.

무형은 나름대로 열심히 공부했지만 성적은 오르지 않았다. 그동안 무형의 공부를 봐 주던 과외 선생님 도움 없이 혼자서 하려니까 더더욱 그랬다. 시간이 지날수록 무형은 조급해지기 시작했다. 며칠씩 나가서 일을 하다가 가끔씩 새벽에 들어오는 아버지의 얼굴을 볼 때마다 그 조급함은 더욱 커졌다. 집이 망한 뒤로 아버지의 이마에는 주름이 하나 둘 늘어 가고 있었다. 무형은 어떻게든 화랑회에 들어가고 싶었지만 이 상태로는 불가능했다. 겨울방학을 반납하고 공부를 했지만 성적은 오를 생각을 하지 않았다.

신라고등학교 입학 전 오리엔테이션이 있던 날, 무형은 영준을 만났다. 영준은 무형을 보고 반가운 듯 환하게 웃었다.

"야! 오랜만이다, 무형아! 잘 지냈어? 짜식, 이제야 얼굴을 보여 주냐? 그동안 많이 바빴나 봐?"

영준의 말에는 서운함이 베어 있었다. 무형은 수그린 고개를 들 수 없었다. 영준은 전과 달라진 것이 없었다. 키가 더 컸을 뿐, 여전히 좋은 환경에서 지내는 도련님이었다. 영준은 좋은 옷을 입고 있었다. 무형은 가난해 보이지 않으려고 깨끗한 옷을 입고 나왔는데 영준을 보니 알 수 없는 패배감이 일었다. 무형은 시꺼멓게 타 들어가는 속마음을 들키지 않으려고 애를 썼다.

"어, 그러게. 좀 많이 바빴어. 그동안 연락 못 해서 미안."

"괜찮아. 이제부터 같은 학교인데 뭘."

영준은 아무것도 모르는 얼굴로 웃었다. 그 웃음을 보자 무형은 울컥 화가 치밀어 올랐다. 이번에도 무형은 자신의 열등감을 들키지 않으려고 마음을 진정시켰다.

"배치고사는 22일에 있대. 3월 1일까지는 반 배정을 해야 하니까."

"22일이면 내일 아냐?"

"어, 그렇네."

그때 선생님 한 분이 한 뭉텅이의 종이를 들고 가는 것이 보였다.

"배치고사 시험지인가 봐. 복사실로 옮기려나 보다."

"복사실?"

"응. 교무실 바로 아래가 복사실이거든. 거기에 시험지랑 답안지를 복사해서 둔다고 들었어."

영준의 말에 무형은 복사실이 있는 1층을 바라보았다. 커튼이 두껍게 드리워져 있어서 안은 보이지 않았다. 하지만 문을 여는 게 어려울 것 같지는 않았다. 순간 무형의 머리에 해서는 안 될 생각이 떠올랐다.

답안지를 훔치자!

"영준아, 너 복사실 가 봤어?"

"응. 우리 아버지랑 여기 이사장님이 친분이 있으시잖아. 전에 놀러 왔었는데 그때 학교 구경을 했었어. 복사실도 가 봤었고. 열쇠를 어디에 두는지도 알아."

무형은 떨리는 목소리로 물었다.

"열쇠 두는 곳이 어딘데?"

"복사실로 안내해 준 선생님이 문틀 위에서 열쇠를 꺼내는 것을 봤어. 전에 교무실에 두었다가 열쇠를 도난당해서 그 후로는 거기에 둔다고 해."

"영준아, 너 화랑회 들어가고 싶다고 했지?"

"응, 그랬지."

"들어갈 수 있을 것 같아?"

"잘 모르겠어. 배치고사 문제가 어떻게 나오느냐에 따라 다르겠지."

"우리 답안지 훔치자."

"뭐?"

"답안지만 있으면 좋은 성적을 받을 수 있을 거 아니야?"

"하, 하지만…… 들키면 어쩌려고?"

"밤에 가서 재빨리 시험지를 가시고 나오는 거야. 학교 담 봤지? 저 정도는 쉽게 넘을 수 있어. 그리고 열쇠 위치도 알잖아? 우리라면 누구에게도 들키지 않을 수 있어."

"하지만 그런 짓을 하면 안 돼."

"왜? 너도 화랑회에 들고 싶잖아? 배치고사에서 좋은 점수 받고 싶지 않아?"

"그렇긴 하지만……."

"싫으면 넌 가만히 있어. 난 혼자서라도 답안지를 훔칠 테니까."

무형은 이미 굳게 결심한 뒤였다.

그날 밤, 무형은 학교로 들어서는 길목에서 영준을 만났다.

"무형아, 꼭 그래야 해? 안 그래도 되잖아. 사실 난 화랑회에 안 들어가도 상관없어."

영준은 무형을 다시 한 번 말렸다. 하지만 무형은 마음을 돌리지 않았다.

'넌 상관없겠지. 시험을 못 봐도 넌 집안 빽으로 화랑회에 들어갈 테니까.'

무형은 화랑회에 들어가는 것만이 자존심을 회복할 유일한 방법이라고 생각했다. 지금 생각하면 어리석은 일이었지만 그 당시의 무형은 진심으로 그렇게 믿고 있었다.

답안지를 훔치는 것은 무형에게 너무나 쉬웠다. 너무 쉬워서 왜 진작에 이렇게 하려고 하지 않았을까 생각할 정도였다. 답안지를 가지고 담장을 넘는 무형의 얼굴에는 미소가 한가득 걸려 있었다. 집이 망한 이후로 처음으로 짓는 미소였다.

"무형아."

무형은 아무 일도 없었던 것처럼 돌아가려는데 누군가가 무형을 불렀다. 영준이 아직도 가지 않고 그 자리에서 무형을 기다리고 있었다. 무형은 피식 웃었다.

"왜 기다리고 있어? 이제 와서 아쉽기라도 한 거냐?"

"그런 게 아냐. 이건 아무래도 옳지 않아. 그 답안지 다시 돌려놓자, 응? 들키면 어쩌려고 그래?"

무형은 영준을 비웃었다. 이제까지 살면서 곤란한 상황이라고는 겪어 본 적이 없을 영준이 쩔쩔매는 것이 어쩐지 너무나 재밌었다.

　"무슨 말을 하는 거야? 들킬 리가 없잖아. 들켜도 너한테 피해는 안 주니까 신경 꺼. 왜 이렇게 참견이야? 아하! 너, 내가 너보다 좋은 성적을 받을까 봐 두려운 거지? 아니면 다른 사람에게 내가 답안지를 훔쳤다고 일러바치려고?"

　그 말에 영준의 표정이 굳었다.

　"일러바치지 않을 거야. 넌 내 친구니까. 하지만 답안지를 돌려놓는 게 좋다고 생각해."

　영준은 고개를 저으며 말했다.

　"이야, 일러바치지는 않겠다니 눈물겹게 고맙다. 고마워서 답 하나 정도는 알려 줄게."

　"난 그런 걸 바란 게 아니야."

　무형은 영준의 말에 아랑곳하지 않고 답안지를 보더니 웃으면서 말했다.

　"국사 마지막 답은 '5소경'이다. 시험 잘 봐라."

　무형은 영준에게 선심이라도 쓰는 것처럼 답을 하나 알려 주었다. 그러고는 키득키득 웃으면서 그 자리를 떠났다. 영준은 망연히 무형의 뒷모습을 바라보았다.

　다음 날, 배치 고사장에서 무형은 영준과 마주쳤다. 영준은 무언가 말하고 싶은 표정으로 무형을 바라보고 있었다. 무형은 영준이 선생님이나 다른 사람에게 자신이 답안지를 훔쳤다는 것을 말할까 봐 걱정했지만 영준은 입을 열지 않았다.

국사 시험 시간에 영준은 고민했다. 하필이면 마지막 문제가 너무 어려웠다. 답은 알았지만 그 답을 쓰는 게 옳은지 갈등했다. 하지만 영준도 화랑회에 들어가고 싶은 마음이 절실했다. 결국 영준은 빈칸에 답을 적어 넣었다. '5소경'이라는 글자가 어쩐지 흉터 같았다.

그날 시험에서 무형은 좋은 점수를 받았다. 어렵기로 유명한 신라고등학교 배치고사에서 사상 최고의 고득점을 받았다. 답안지를 가지고 있었기 때문에 만점도 가능했지만 무형은 일부러 한두 개를 틀리는 것을 잊지 않았다. 집에 돌아와 답을 맞춰 본 무형은 의기양양하게 웃었다.

하지만 다음 날 중학교 때의 점수에 비해 무형의 점수가 너무 좋은 것을 의심한 한 아이가 무형에게 따졌다.

"허무형이 1등이라고? 말도 안 돼! 야, 너 컨닝이라도 했냐?"

"무, 무슨 소리야? 내가 왜 컨닝을 해? 이번 시험에 우연히 아는 문제가 많이 나온 것뿐이라고!"

무형은 발뺌했지만 문제는 곧 다른 데에서 일어났다.

배치고사 난이도 문제로 학생들의 항의가 심해지자 선생님들이 교무실에 모여 회의를 했다.

"시험 문제 하나가 너무 어려웠다고 항의가 빗발치고 있습니다. 거의 대학 수준의 문제라는데요?"

"국사의 마지막 문제? 이건 다른 문제로 바꾸기로 하지 않았나?"

"그거 맞춘 학생들이 있는데요?"

공교롭게도 그것은 무형이 영준에게 답을 가르쳐 준 문제였다. 그 문제를 맞춘 사람은 전교에서 영준과 무형뿐이었다.

"그러고 보니 선생님 수에 맞게 출력해 둔 답안지가 한 장 모자라더군요."

그날 저녁, 영준과 무형은 학교로 불려 갔다. 학교 앞에서 영준은 무형과 눈을 마주쳤지만 아무 말도 하지 않았다.

선생님은 두 사람을 각기 다른 곳에 두고 물었다.

"사실대로 이야기하면 부모님을 모셔 오라고 하지 않을 거며, 점수를 그대로 유지시켜 주겠다. 그러니까 잘 생각해 보는 게 좋을 거야. 누가 답안지를 훔쳤냐? 아니면 둘이 같이 훔친 거냐?"

둘은 모두 입을 꾹 다물었다. 영준은 다른 사람에게 말하지 않겠다는 약속 때문에 입을 닫았다. 하지만 그 침묵이 무너지는 것은 시간 문제였다.

"말할게요! 영준이가 훔쳤어요! 그리고 저한테도 보여 줬어요!"

무형이 먼저 입을 열었다.

"아니에요! 제가 훔치지 않았어요!"

영준은 아니라고 변명해 보았지만 소용이 없었다. 선생님은 무형의 말만 믿고 영준을 추궁했다.

"그럼 어떻게 그 문제의 답을 알고 있었지? 무형이 말대로 네가 답안지를 훔쳐서 가르쳐 주었니?"

"거짓말이에요! 오히려 반대라고요!"

"복사실에 답안지가 있다는 사실은 어떻게 알았니?

"제가……, 제가 알려 줬어요. 무형이가 그 말을 듣고……."

"그걸 왜 가르쳐 줬는데?"

"물어보기에 알려 줬어요. 그건 제 실수예요. 전 정말 답안지를 훔친 게 아니라……."

"복사실 문 열쇠를 둔 곳도 네가 알고 있었다고 무형이가 그러더구나. 너희 아버지가 이사장님 친구라는 것은 이미 알고 있다. 네가 그 핑계로 자주 학교에 놀러 왔던 사실도 알지. 넌 오래전부터 답안지를 훔치기 위해 계획했던 거야. 그리고 무형이를 꼬셔서 일에 가담시키려다 틀어진 거고."

"아니에요!"

"부모님께는 이미 연락 드렸으니 그리 알아라."

영준은 자신의 말을 믿지 않는 선생님이 야속했다.

'아버지와 어머니는 날 믿어 주실 거야. 틀림없이…….'

잠시 뒤, 영준의 어머니가 학교로 왔다.

"어째서 그런 짓을 한 거니?"

"제가 안 그랬어요."

"알겠다. 아버지도 나도 회의 중에 나와서 다시 가 봐야 해. 나머지는 아버지가 알아서 하실 테니 걱정하지 마라."

"뭘 알아서 하시는데요?"

"아버지가 지금 이사장님을 만나러 가셨어. 그러니까 선처해 주실 거야."

"선처라뇨? 제가 훔친 게 아니라고 했잖아요!"

"영준아, 자꾸 고집 피우면 네 상황만 나빠질 뿐이야."

"왜? 왜 절 안 믿어 주세요? 제가 한 게 아니라고요!"

"알겠다고 했잖니."

"아니오, 두 분은 아무것도 몰라요! 제가 어떤 심정인지 모르신다고요!"

영준이 바란 것은 하나였다. 부모님이 자신을 믿어 주면 되었다. 하지만 결과는 전혀 달랐다.

"그때 난 정말 비겁하고 비열했어. 너한테 모든 걸 다 뒤집어씌우다니……. 네가 날 미워하고 괴롭힌 것은 당연한 일이었어."

무형은 고개를 숙이고 말했다.

"정말 미안해."

무형의 눈에선 눈물이 뚝뚝 떨어지고 있었다.

"계속 이 말을 하고 싶었어. 아마 네가 날 괴롭히면서도 듣고 싶었던 말은 이 말이었을 거야."

무형이는 그동안 자존심과 오기 때문에 마음속에 담아 두고 내뱉지 못했던 말을 했다.

"정말 쥐구멍에라도 숨고 싶을 정도로 부끄러웠어. 같은 반에서 너랑 마주치는 게 괴로워서 전학 가고 싶었어. 이제까지 내가 쌓아 올린 것들을 스스로 무너뜨렸다는 사실도 깨달았고……."

무형이 전학을 가지 못한 것은 아버지가 반대했기 때문이었다. 무형의 아버지는 무형에게 사나이답게 사과하라고 했지만 무형은 그러지 못했다.

"네가 누구도 믿지 못하게 된 건 다 나 때문이야. 내가 널 배신했으니까. 내가 준 상처 때문에 네가 주위 사람들을 그렇게 대한 거야. 줄곧 너한테 사과하고 싶었어."

영준은 무형의 어깨를 다독이며 말했다.

"고마워. 내가 처음부터 못되고 포악한 사람이 아니라는 걸 알려줘서……."

영준의 의외의 말에 무형은 깜짝 놀라 고개를 들었다.

"그리고 그동안 괴롭힌 거 미안해. 그 일이 기억나지 않기 때문에 이 사과가 얼마나 진실된 것인지는 나도 잘 모르겠어. 하지만 아무리 네가 잘못했다고 하더라도 내가 널 그렇게 괴롭혀서는 안 된다고 생각해."

영준은 목이 메어서 힘들게 말을 이었다.

"너희 이제 화해한 거지?"

민이 물었다.

"응, 그런 것 같아. 그렇지?"

영준은 환하게 웃으며 무형에게 물었다.

"그리고 이젠 화분 같은 거 던지지 마. 정말 얼마나 놀랐는데……"

"아……."

무형은 한참을 망설이고는 말했다.

"화분을 던진 건 내 뜻이 아니야. 부탁 받아서 한 일이었어."

"부탁? 누가 너한테 부탁을 했는데?"

"그날 네가 학교에 오면 기회를 봐서 널 위협하라고 했어."

"누, 누가 그랬는데?"

"그게……."

무형은 곤란한 표정을 지었다. 그러고는 한참을 주저하더니 입을
열었다.

"김지소……, 네 사촌."

진실

영준과 민을 태운 버스가 골목길을 내려갔다. 어느새 차창 밖에
흐르는 풍경이 어두워졌다. 네온싸인의 불빛이 반짝일 때 즈음, 영준
은 저택을 나온 지 오랜 시간이 흘렀다는 것을 깨달았다. 지금쯤 저
택에서는 영준이 없어진 것을 알고 난리가 났을 것이다. 하지만 영준
은 그런 걱정은 하지 않았다. 그보다 더 큰 걱정이 영준의 마음을 휘
감고 있었다.

"지소가 날 죽이려 한 걸까?"

영준은 옆자리에 앉은 민에게 물었다. 민은 잠시 생각에 잠기더니
결국 고개를 저었다.

"글쎄……."

"무형이가 그랬잖아. 지소의 부탁을 받고 날 위협한 거라고."

민은 아무런 대답도 하지 않았다.

"지소라면 저택에서 날 습격하는 것도 가능하고……."

"그 말이 사실이라면 왜 무형이한테 널 위협하라고 했을까? 그냥 죽이라고 하면 될 텐데."

"무형이는 그것을 위협이라고 생각했지만 사실은 아닐 수도 있어. 화분을 던져서 죽이라는 말일 수도 있지."

"아……, 모르겠다."

"혹시 지소와 나 사이에 무슨 일이 있었던 건 아닐까? 너 뭔가 아는 거 없어?"

"무슨 일이야 있었지."

"무슨 일?"

"나도 소문으로만 들었어. 이건 워낙 유명해서 사실 따로 조사할 필요도 없는 그런 내용인데……."

민은 주저하면서 자신이 들은 소문을 얘기해 주었다.

"지소는 지금 머리가 짧지? 원래는 긴 생머리였대. 다들 길에서 한 번씩은 돌아봤을 그런 예쁜 머리카락이었나 봐. 그런데 어느 날 갑자기 머리카락을 자르고 학교에 나타났어. 이유는 말하지 않았는데 다들 무슨 일이 있었던 거라고 생각했지."

"무슨 이유?"

"다들 네가 잘랐다고 생각해."

"내가? 왜?"

"너 지소가 양녀라는 건 알고 있어?"

"응."

"그렇다면 네 숙부가 왜 지소를 양녀로 들였는지 알지?"

"알고 있어. 형이랑 정략결혼을 할 뻔했다고 지소에게 들었어."

"하지만 영실 형이 그렇게 되는 바람에……."

그렇게 말하면서 민은 슬쩍 영준의 눈치를 살폈다. 영준이 영실을 밀었다는 소문을 의식한 모양이었다.

"그래서 너희 숙부와 숙모는 영실 형을 포기하고, 너를 지소의 약혼자로 지목했었나 봐."

"지소는 그런 말 안 하던데? 내가 타깃이 될 수도 있다는 얘긴 했지만……."

"나도 소문으로만 들은 거야. 아무튼 그 두 분은 너 모르게 그 일을 진행했던 것 같아. 얼마 후 네가 그 사실을 알고 화가 나서 지소의 머리카락을 잘랐다고 해. 숙부와 숙모에 대한 복수 같은 거라고 할까?"

"내가 그랬다고?"

"뭐, 소문이 그렇다고. 사실은 잘 모르겠어. 지소는 학교에서 아무 말도 하지 않았거든. 그냥 다들 지소의 머리카락이 갑자기 짧아진 것과 너희 집안 상황을 연관시킨 건지도 몰라."

"하지만 내가 약혼자라니! 그럴 리가 없어. 지소는, 지소는 남자친구가 있다고 했어."

"뭐?"

민이 눈을 휘둥그레 떴다.

"남자친구?"

"응, 나한테 직접 한 말이야. 그리고 몰래 편지를 주고받는 걸 봤어. 밤늦도록 편지를 기다리더라고."

"지소에게 남자친구가 있다니, 금시초문인데……. 누군지는 알아?"

"몰라. 내가 아는 건 그것뿐이야."

"네 말대로 지소에게 남자친구가 있다면, 지소가 머리카락을 자른 이유는 소문과 다를지도 몰라."

"왜?"

영준이 되묻자 민은 잠시 고민하다가 말을 이었다.

"영준아, 지소를 어떻게 생각해?"

"어떻게 생각하다니?"

"이건 추측인데, 어쩌면 넌 지소를 좋아했을지도 몰라."

"뭐?"

"학기가 시작하기 전에 네가 제이에게 고백을 받았었어."

"제이? 그게 누구야?"

"그게…… 네가 입에 걸레를 물리고 괴롭힌 애."

영준의 표정이 구겨졌다.

"아, 하지만 그럴 만한 이유가 있었어. 제이가 고백했을 때 네가 그때 무슨 대답을 했는지는 모르겠지만 제이는 속이 많이 상했었나 봐. 너한테 앙심을 품고 너에 대한 악소문을 퍼뜨리기 시작했거든. 네가한 일을 부풀려서 말하고 다른 애들에게 따돌림을 당하게 하려고 했

191

어. 결과적으로 그건 네 악행을 부추기는 효과만 낳았어. 그 사실을 알고 네가 재이를 괴롭혔거든. 그리고 화이트데이에 네가 사탕이랑 선물 사는 걸 목격한 사람이 있어. 그래서 네게 좋아하는 사람이 있었다는 건 거의 틀림없는 사실로 보여. 그 상대에 대해서는 밝혀지지 않았지만 난 그게 지소였을 거라고 생각해."

"왜 하필 지소야?"

"재이가 악담을 퍼뜨릴 때, 지소에 관련된 악담을 가장 많이 퍼뜨렸어. 네가 화를 낸 것도 지소에 대한 악담을 듣고서였으니까. 만일 네가 지소를 좋아한 게 사실이고 또 지소한테 남자친구가 있었다면, 넌 지소의 남자친구에게 질투를 느끼고 지소를 원망했겠지."

"그런 건 생각해 보지도 못했어. 내가 지소를 좋아했다니……."

"지금은 지소를 어떻게 생각해?"

"모르겠어. 하지만 지소는 날 싫어하는 것 같은데……. 지소가 범인이라면 어떡하지?"

"지소에게 직접 물어보는 건 어때?"

"괜찮을까?"

"가만히 있어 봐야 아무것도 변하지 않잖아. 하지만 그건 네가 선택할 문제야."

영준은 항상 이렇게 머물러 있고 싶지 않았다. 언제 올지 모르는 죽음을 두려워하며 살고 싶지도 않았다. 그렇다면 결론은 하나였다.

지소를 만나기로 결심했다.

"도련님, 어딜 다녀오시는 겁니까? 외출하시면 그렇다고 말씀하셨어야죠."

저택에 돌아오자마자 윤집사가 사색이 되어 달려 나왔다. 그러나 영준은 꾸지람을 듣고 있을 시간이 없었다.

"지소는 어딨죠?"

"난 여깄어."

때마침 계단에서 지소가 내려왔다. 소생하고 나서 저택에 처음 온 날처럼 지소는 무표정한 얼굴로 서 있었다.

"왜 그런 거야? 무형이를 시켜서 날 습격하라고 한 게 너라면서?"

윤집사의 표정이 확 굳었다.

"도련님, 무슨 말씀이신지……."

"맞아."

시소의 대답에 영준은 다리가 풀렸다.

"왜……, 왜 그런 건데?"

"널 위해서였다고 하면 이상하게 들리겠지? 하지만 맞는 말이야. 너랑 주위 사람들을 위해서 그렇게 한 거야."

"난 죽었어! 그게 날 위해서 한 짓이라고?"

"네가 죽은 건 네가 자초한 일이야. 사실을 알고 싶어? 그럼 내 방으로 와."

지소는 영준의 팔을 끌고 2층으로 올라갔다. 윤집사와 큰 소리를 듣고 뛰어나온 하인들이 그 뒷모습을 지켜보고 있었다.

"무형이가 널 배신하고 넌 점점 피폐해져 갔어. 그리고 주위 사람들에게 못된 짓을 하기 시작했지. 그 정도가 점점 심해지니까 처음에는 널 측은하게 생각했던 사람들도 하나둘 마음을 바꿨어. 그리고 본래부터 김영준은 그런 아이였다는 둥 소문이 여기저기 퍼져 나가기 시작한 거야. 그러던 중에 영실 오빠가 사고를 당했어. 네가 밀었다는 소문이 압도적이었지. 그리고 너도 아무 말도 하지 않았고."

지소는 크게 숨을 쉬고 말을 이었다.

"하지만 넌 영실 오빠를 밀지 않았어."

"네가 어떻게 알아?"

"난 네가 영실 오빠를 밀 만큼 모질지 않다고 생각했었어. 그래서 진실이 무엇인지 알고 싶어서 널 찾아갔었지."

지소는 영실이 사고를 당한 날 영준의 방을 찾아왔다. 영준은 방에 박힌 돌처럼 나오려 하지 않았다. 하지만 지소가 문을 두드리자 문을 열어 주었다.

지소는 조심스럽게 물었지만 영준의 반응은 격했다.

"어차피 믿지도 않을 거면서 뭘 알려고 하는 거야? 내가 무슨 말을 하길 원하는데? 다들 진실을 바라는 게 아니잖아. 내가 정말 형을 밀었다고 말하길 원하는 거잖아! 너도 마찬가지야. 안 그래?"

"난 그저 네가 사실대로 말해 주었으면 해서……."

"사실? 뭐가 사실인데? 내가 무슨 말을 해도 난 거짓말쟁이야! 아무도 믿어 주지 않는 사실이 어떻게 진실이야?"

"그럴수록 다른 사람들을 믿게 만들어야지!"

"무슨 수로!"

"그건……."

"아! 이러면 되겠네!"

"영준아!"

지소는 당황해서 소리쳤다. 영준의 손에는 날카로운 가위가 들려 있었다. 영준은 가위를 비수처럼 쥐고 자신의 팔을 내려다보았다.

"나도 형처럼 다치면 되겠네. 그렇지? 그러면 모든 게 오해였다고 밝혀지는 거 아니야?"

"영준아, 제발 그 가위 내려놔!"

"왜! 믿게 만들어 달라며!"

지소는 영준에게 달려들어 죽기 살기로 매달려 가위를 빼앗았다.

"대체 나보고 어쩌라는 거야?"

영준은 그 자리에 무너지듯 주저앉았다.

"형을 도와주려고 했어. 형이 나무에 걸린 넥타이를 주우려 했을 때, 나도 그걸 주우려 했어. 그런데 발이 삐끗한 거야. 뭘 잘못 밟았는지도 기억 안 나. 바닥에 미끄러지면서 형이랑 부딪쳤어. 그 바람에 형이 떨어졌는데 아무 생각도 안 나더라. 다 거짓말 같았어."

"영실 오빠에게 그 얘기를 하지 그랬어?"

지소는 양손으로 얼굴을 감싸 안은 영준을 다독였다.

"무슨 말을 해? 내가 뭘 해도 형이 낫는 건 아니잖아. 아무 소용도 없잖아. 너도 얘기하지 마. 차라리 아무에게도 말하지 말라고."

영준은 흐느꼈다.

지소는 자신의 머리카락을 한 손으로 쓸어내렸다.

"보이니? 이건 그때 너와 몸싸움을 하다가 잘린 거야. 정신을 차리고 보니까 이렇게 머리카락이 잘려 있더라. 어쩔 수 없이 길이를 맞추느라 더 잘라 버렸어."

"미안해."

"뭐, 어쩔 수 없지. 지금은 짧은 머리가 마음에 들기도 하고."

지소는 미소를 지었다.

"여하튼 그때부터 내가 널 바로잡아야겠다고 생각했어."

하지만 지소 혼자의 힘으로는 역부족이었다. 어떻게 할지 고민을 하고 있던 중 지소는 한 장의 편지를 받았다.

편지의 내용은 간단했다. 곱게 접은 종이 위에는 '김영준의 악행을 고치고 싶으니 협조를 원한다.'는 문구가 쓰여 있었다.

"누가 보낸 거였어?"

영준의 질문에 지소는 대답 대신 책상에서 봉투를 꺼내 영준에게 보여 주었다. 봉투에는 낯익은 문양이 찍혀 있었다.

"감시자야."

"감시자?"

지소가 지난 저녁에 영준에게 알려 줬던 존재였다.

"하지만 그건 도시 전설 아니었어?"

"나도 그런 줄 알고 있었어. 하지만 내게 편지를 보낸 건 틀림없는 감시자였어. 난 감시자가 진짜 있다고 생각하고 협조하기로 했어. 하인을 시켜서 편지를 주고받았지."

"날 죽이려 한 것과 악행을 고치는 게 무슨 상관이 있어?"

"일종의 쇼크 요법이야. 네가 살해 위협을 받고 있다고 생각하게끔 만들어서 네 스스로 자신의 행동을 돌아보고 뉘우치게 하는 것이 목적이었지."

"뭐라고?"

"구체적인 계획은 감시자가 세웠어. 그리고 난 적당한 사람을 찾아서 계획에 참여시켰지. 그중에서 가장 도움이 된 건 무형이었어. 무형이는 네게 죄책감을 가지고 있어서 흔쾌히 도와주겠다고 했어."

감시자의 계획대로 무형을 비롯한 영준의 주변 사람들이 갖가지 방법으로 영준을 위협했다. 그 결과 영준은 공포에 휩싸였고, 겁에 질려서 방에서 나오지 않게 되었다.

"거기까지는 예측한 대로였어. 특별한 변수가 나타나지 않았다면 아마 결과도 좋았을 거야. 너는 네 행동을 돌아보고 뉘우쳤겠지."

영준은 지소가 한 말이 무슨 뜻인지 깨달았다.

"하…… 하하!"

영준은 이 상황이 믿기지 않아서 웃음이 터져 나왔다.

"말도 안 돼!"

"영준아."

"내가 그런 어이없는 이유 때문에 죽은 거란 말이야? 가짜 살해 위협으로? 너랑 감시자 그리고 무형이나 다른 사람들의 장단에 놀아나서 내가 죽었다고?"

"그것 때문에 죽은 건 아니야. 네가 죽는 건 예정에 없는 일이었어. 처음부터 말했듯이 나랑 감시자는 널 뉘우치게 하는 게 목적이었으니까. 절대 널 죽이려고 한 게 아니야. 알아들어?"

"그럼 왜 난 총에 맞은 건데? 왜 죽은 건데? 너희의 실수 때문에 죽은 거 아니야?"

"나도 정확한 사정은 몰라. 모든 걸 다 아는 건 감시자뿐이야."

"감시자는 누구야?"

지소는 고개를 저었다.

"실제로 만난 적은 없어. 아마 감시자를 직접 만난 사람은 너밖에 없을걸."

"무슨 뜻이야?"

"네가 죽은 건 감시자와 함께 있을 때 일어난 일이야. 네가 겁에 질린 데까지는 예상대로였어. 하지만 아까도 말했듯이 변수가 있었지. 그건 너 자신이었어. 넌 그냥 겁을 먹는 것에 그치지 않고 널 해치려고 하는 무리들에게 선수를 치기로 했어. 그래서 학교와 저택 그리고 여러 장소에 공개적으로 메시지를 남겼지."

4월 29일 7시까지 저택 부근에 있는 공터로 나와. 결판을 내자.

"난 그걸 보고 정말 당황했어. 그 글을 남겼을 때의 넌 정말 제정신이 아닌 것 같았거든. 독이 잔뜩 올라서 모두를 죽이고 싶어 하는 사람 같았어."

오랫동안 살해 위협을 받았다면 그럴 수도 있는 법이었다. 아마도 당시의 영준은 경찰에 신고할 생각을 하지 못했을 것이다. 누구도 자신의 말을 믿어 주지 않는다고 생각했기 때문이다. 영준은 혼자서 필사적으로 그 상황을 빠져나갈 방법을 찾았고 자신을 죽이려는 적과 정면으로 맞닥뜨리기로 결심했다.

'맞닥뜨려서 뭘 하려 한 거지?'

불길한 예감이 들었다.

"넌 몰래 도구실에서 엽총을 꺼냈어."

엽총으로 감시자를 쏠 생각이었던 걸까? 만일 그랬다면 그것은 살해당하는 것보다 더 무서운 일이었다.

"난 그걸 보고 감시자에게 연락을 했어. 네 상태가 위험하니까 약속 장소에 나가지 말라고. 하지만 감시자는 널 만나서 모든 사실을 밝히겠다고 했어. 그리고 염려하지 말라고."

하지만 지소는 영준을 막아야 한다고 생각했다. 지소를 도와줄 사람은 무형뿐이었다. 무형은 지소의 연락을 받고 저택으로 왔지만 영준이 도구실에서 엽총을 꺼내는 것을 보고 기겁하며 도망쳐 버렸다.

"그럼 형이 무형이를 봤다고 한 건⋯⋯."

"그래. 그때 도망치는 걸 봤던 거야. 넌 그대로 약속 장소로 나갔고⋯⋯. 숨이 끊어진 채 사람들에게 발견됐어."

"감시자가 날 죽인 걸까?"

"사고였을 거라고 생각해. 아마 몸싸움 때문에 엽총이 잘못 발사되어서 네가 맞은 게 아닐까?"

영준은 지소의 이야기를 들으면 들을수록 혼란스러웠다. 문득 이상한 점이 떠올랐다.

"감시자가 내게 한 짓들은 모두 가짜 위협이었다는 거지?"

"내가 알기로는 그래."

하지만 영준은 믿을 수가 없었다.

"하지만 난 어제도 무형이한테 위협을 받았어. 그리고 그 전에도⋯⋯. 왜 무형이에게 화분을 떨어뜨리라고 한 거야?"

"그건⋯⋯."

지소의 눈빛이 흔들렸다.

"그건 내 뜻이 아니었어."

"감시자가 시킨 거야?"

지소는 말하지 않았지만 흔들리는 눈동자가 대답을 대신했다.

"네가 퇴원해서 돌아오던 날, 난 감시자에게 편지를 보냈어."

그리고 그날 저녁, 지소는 감시자의 답신을 받았다.

"그거 혹시 내가 테라스에 매달려서 네 방에 갔을 때야?"

"맞아."

지소는 고개를 끄덕였다.

"네가 퇴원한 후에 감시자에게 세 번 정도 편지를 받았어. 두 번은 네게 기회를 봐서 말을 걸어 보라는 내용이랑 네 상태를 체크해 보라는 내용이었어. 그리고 마지막 편지는……."

"내게 다시 살해 위협을 하라는 거?"

지소는 말없이 고개를 끄덕였다.

"이제 와서 그게 무슨 의미가 있어? 왜 모든 기억을 잃은 내가 살해 위협을 받아야 하는 건데? 아무것도 기억이 나지 않는데 뭘 돌아보고 후회하라는 거야? 너희들이 뭔데 나를 위협하는 거야?"

"나도 잘 몰라. 하지만 감시자는 알고 있을 거야. 궁금하면 감시자에게 직접 물어봐."

"누군지도, 어디에 사는지도 모른다며!"

지소는 편지 하나를 들어 보였다.

"방금 전에 받은 거야. 감시자가 네게 보내는 메시지야."

영준은 떨리는 손으로 편지를 받았다. 거기에는 단정한 글씨체로 약도와 함께 지시 사항이 쓰여 있었다.

'해답을 알고 싶으면 오늘 밤 엽총을 들고 혼자서 [모든 것이 끝나고, 다시 시작된 장소]로 와.'

감시자

영준은 침대에 누워 고민했다. 한 손에는 일기장이, 다른 손에는 스마트폰이 들려 있었다. 영준은 지금까지 알아낸 것들을 다시 한 번 훑어보았다. 자신이 스스로 알아낸 것들과 민이 알려 준 것들이 그 속에 모두 있었다. 보면 볼수록 의문투성이였다.

감시자는 대체 누구기에 이런 짓을 하는 걸까? 날 미워해서 그런 걸까? 그렇다면 감시자는 누구보다 날 가장 싫어하는 사람인 걸까? 생각만 해 봤자 결론이 나지 않았다. 영준은 침대에서 벌떡 일어났다. 감시자를 만나서 모든 것을 물어보는 수밖에 없었다. 그가 영준을 죽이려 하든 아니든 만나지 않으면 이 상황이 끝나지 않는다.

영준은 일어나서 로비로 내려왔다. 지소가 기다리고 있었다. 영준을 보자 지소는 무언가를 내밀었다. 도구실 열쇠였다.

"집사 할아버지한테 말해서 받아 뒀어."

문득 지소가 뭐라고 말하고 윤집사에게서 도구실 열쇠를 받았는지 궁금했지만 영준은 묻지 않았다.

영준은 도구실에서 엽총을 꺼내 들고 밖으로 나갔다. 엽총을 든 채 개구멍을 빠져나갔다. 그리고 약도에 그려진 대로 길을 찾았다. 길은 약수터를 지나게 되어 있었다. 그곳은 민과 항상 만나는 곳이었다.

늦은 시간이었기 때문에 약수터에는 아무도 없었다. 영준은 희미한 가로등 아래의 벤치를 슬쩍 보고는 곧바로 비탈길을 오르기 시작했다. 밤에도 가끔 지나는 사람이 있는지 비탈길에도 듬성듬성 가로등이 설치되어 있었다. 영준은 가로등 빛을 쫓아서 어둠 속을 걸었다. 발부리에 나무뿌리와 돌이 채이고, 앞이 잘 보이지 않았지만 두렵지는 않았다. 영준은 비탈길 위쪽에 무엇이 있는지 전에 들었던 기억이 났다.

'이 위쪽으로 올라가면 절이 있는데 거기에서 신세지고 있어.'

민의 말대로 절이 있을 것이다.

얼마나 걸었을까? 갑자기 공터가 나타났다. 약도에 그려진 공터였다. 영준은 수풀 틈에 비죽이 솟아 있는 기와지붕을 발견했다. 절의 지붕이었다. 위치상 민이 신세를 진다고 했던 절이었지만 사람이 살지 않는, 버려진 절처럼 보였다. 무너진 담장과 지붕, 무너진 석등과 석탑 그리고 문이 없이 훤하게 뚫린 본채는 이미 오래전부터 사람의 손을 타지 않은 것 같았다. 사람이 사는 기색이라곤 도저히 찾아볼 수 없어서 영준은 당황했다.

'민이 여기 산다고 했었는데……'

그 순간 영준은 깨달았다. 자신을 이곳으로 불러 낸 사람이 누구인지, 감시자가 누구인지!

"나와 줘서 고마워."

뒤에서 누군가의 목소리가 들렸다. 영준은 그를 향해 내달렸다. 말도 안 돼! 말도 안 돼! 말도 안 돼!

"왜! 왜 그랬어?"

영준은 바닥에 쓰러진 사람의 몸에 올라타 멱살을 쥐며 소리쳤다.

"왜 네가 감시자인 건데!"

더벅머리 아래로 드러난 눈동자가 쓴웃음을 짓고 있었다.

"그래, 내가 감시자야."

민이 대답했다.

"분이 풀릴 때까지 때려도 돼. 이유야 어떻든 간에 널 속인 것도 사실이고, 널 죽음으로 몰아넣은 것도 사실이니까."

민의 목소리가 너무 맑은 탓일까? 영준은 어떻게 해야 좋을지 알 수 없었다.

"그동안 재밌었어? 내가 겁에 질려서 덜덜 떠는 걸 보니까 즐거웠냐고! 그동안 얼마나 날 비웃었어? 응?"

"죽기 전에도 같은 말을 했었지."

민이 눈을 감고 미소를 지었다.

"나도 그때랑 같은 대답을 해 줄게. 재미있지는 않았지만 네가 두려워하길 바란 것은 사실이야."

그 순간 영준은 타오르던 분노가 거짓말처럼 사그라졌다.

"그래서 날 죽인 거야?"

"예전에도 지금도 널 죽일 생각은 없었어."

"하지만 난 실제로 죽었잖아! 도대체 어떻게 된 건데!"

"내 가방 열어 볼래?"

영준이 고개를 돌려 옆을 보니 목검이 들어 있는 긴 가방이 놓여 있었다. 영준은 무언가에 홀린 것처럼 가방의 지퍼를 열었다. 그 안에는 검고 길쭉한 목검이 들어 있었다. 하지만 흔히 볼 수 있는 목검과 달랐다. 재질은 분명 나무로 되어 있었지만 그보다 훨씬 무거웠고 새까맸다. 몸체에는 흰 글씨로 뭔가 적혀 있었지만 어슴푸레한 가로등 빛만으로는 그것을 확인할 수 없었다.

조금 겉모습이 특이할 뿐, 그것은 분명히 목검이었다. 영준이 몸체의 일부가 깨진 것을 보지 않았다면 계속 그렇게 생각했을 것이다. 자세히 살펴보니 나무 속에 금속이 있어 가로등 빛을 반사했다.

"이거 진검이야?"

"그렇긴 한데……."

민은 주섬주섬 몸을 일으키면서 대답했다.

"처음부터 뽑을 수 없게 만들어 놓은 거라서 몽둥이 대용으로 쓴다고 할까……."

민이 깨진 표면을 어루만졌다.

"이건 네가 쏜 총탄에 맞은 자국이야."

"내가 쏜 총탄? 그렇다면……."

영준이 놀라서 민에게 물었다.

"그래. 네가 총을 쐈어. 난 목검으로 총알을 막았고. 거기까지였다면 좋았을 거야. 하지만 목검의 날에 맞은 총알이 튕겨나간 거야, 이쪽으로."

민의 손가락은 정확하게 영준의 심장을 가리키고 있었다. 영준은 민의 말을 바로 이해했다.

사고.

"내가…… 쏜 총에 내가 맞은 거야?"

"총탄이 그리 튈 줄도 몰랐고, 네가 즉사할 줄도 몰랐지. 노리고 총을 쐈다고 하더라도 단 한 발로 그렇게 사람이 죽지 않을 거야."

민은 어깨를 으쓱했다.

감시자를 이곳에 불러낸 것도 자신이었고, 총을 쏜 것도 자신이었지만 영준은 왠지 억울했다.

"네가 지소를 시켜서 날 위협하지 않았다면 내가 죽을 일도 없었잖아!"

민은 영준을 물끄러미 바라보았다.

"맞아. 그랬을지도 모르겠네."

민이 너무 순순히 인정하니 영준은 오히려 맥이 빠졌다.

"내가 감시자로서 아직 미숙했던 거야. 네가 그렇게 나올 줄은 정말 몰랐거든. 하지만 악의가 있었던 건 아니야. 내가 널 위협하는 척 했던 이유는……."

말하다 말고 민은 인상을 찌푸렸다.

"그냥 처음부터 말하는 게 낫겠다."

민은 그렇게 말하고는 영준의 손에서 목검을 뺏어 들었다.

"이건 정부에서 지급해 준 거야. 감시자들의 신분증명서 같은 거지. 목검 속에 들어 있는 진검을 일부러 뽑을 수 없게 만든 이유는 함부로 칼을 쓰지 말라는 뜻임과 동시에 내가 하고 있는 일을 매번 되새기라는 의미야."

"하고 있는 일을 되새기라고?"

"응. 예민한 청소년들을 다루는 일이니까 매사에 조심하란 말이지. 뭐, 난 신라고등학교로 발령 난 첫해에 이런 대형 사고를 쳐 버렸지만……."

민은 눈을 가늘게 뜨고 웃었다.

"다시 소개할게. 난 명림민이야. 국가신력개발부 미성년인재과 소속의 극비 청소년신력인재 발굴 및 보호 감찰관, 쉽게 말해서 너희가 소문으로만 알고 있는 감시자야."

"극비 청소년신력인재…… 뭐?"

생소한 명칭에 영준은 눈살을 찌푸렸다.

"그냥 쉽게 감시자라고 불러. 국가에서 지정한 청소년들을 감시하는 한편, 국가가 미처 몰랐던 인재를 찾아내는 임무를 맡고 있지."

"그럼 정말로 국가에서 아이들을 감시한다는 말이야?"

"감시라고 하니까 좀 그렇네……."

민은 얼굴을 찡그렸다. 기분이 나빠서라기보다 어떻게 설명해야 좋을지 생각하는 듯했다.

"너도 신력이 얼마나 중요한지는 알고 있지? 신력 없이는 세상이 돌아가지 않는다 해도 과언은 아니야. 신력은 국력의 척도가 되기도 해. 뛰어난 신력 기술자를 많이 보유할수록 강한 나라가 되는 거야. 그래서 위쪽의 어르신들은 조금이라도 뛰어난 신력 기술자를 확보하려고 혈안이 되어 있지. 그러려면 어린 시절부터 신력을 다루는 데 소질을 보이는 아이들을 잘 키우는 게 가장 좋은 방법이거든.

그런데 이 신력이라는 게 일종의 정신적인 힘이잖아? 인간의 정신만큼 변하기 쉽고 불안한 것도 없어. 어린 시절에는 좋은 소질을 가지고 있는 아이들도 자라는 도중에 사고방식이 바뀌거나 정신적으로 충격을 받으면 그 소질이 사라질 수도 있어. 통계에 의하면 20세가 넘어서까지 소질이 제대로 남아 있는 경우는 25%밖에 안 된다고 해. 국가 입장에서는 안타까운 일이지. 그래서 소질이 있는 아이들이 잘 성장할 수 있도록 나 같은 사람들을 붙여 주기로 한 거야."

민은 슬쩍 덧붙였다.

"제대로 자라라고."

어째서인지 그 말이 자신더러 새겨들으라고 하는 것 같아서 영준은 속이 뜨끔했다.

"난 작년에 신라고등학교로 발령받았어. 고등학교를 졸업하고 바로 청소년 감찰관 교육 과정을 받고 수료하자마자 운 좋게 자리가 났거든."

"뭐?"

"수료하자마자 운 좋게……."

"아니, 그 전에……."

"아, 고등학교를 졸업하고……."

"졸업했어?"

"응, 당연하지. 대학은 안 나와도 고등학교는 나와야 청소년 감찰관 교육 과정을 밟을 수 있는걸?"

"혀……, 형이었구나."

이제까지 민에게 계속 반말했던 것이 떠올라서 영준은 난감했다. 아니, 반말만이 아니다. 멱살을 쥐고 난리를 치기도 했으니…….

"그, 그런데 왜 고등학생인 척했어요?"

"갑자기 존대하니까 이상하다. 그냥 지금처럼 말해. 학생인 척했다기보다는 상부에서 지시를 받은 대로 한 거야. 나도 양호 선생님이나 체육 선생님으로 넣어 달라고 부탁했거든? 근데 상부에서 학생으로 들어가라고 하는 걸 어떡해."

어려 보이는 얼굴, 더벅머리 그리고 과장된 행동 때문에 민은 영준과 비슷한 또래로 보였다. 영준은 아직도 민이 자신보다 몇 살 위의 형이라는 것을 믿을 수가 없었다.

"그래서 나도 감시한 거야?"

"그러니까 그 감시라는 말이 좀 그렇다니까……. 하지만 뭐……, 그 래. 영준이 넌 비교적 일찍부터 국가의 주목을 받고 있었어."

민은 시원스럽게 대답했다.

"너희 아버지와 할아버지도 신력과 관련된 일을 하고 있고, 너도 이미 어렸을 때 소질을 많이 보였으니까. 국가에서 보낸 리스트에서 도 항상 이름이 빠지지 않았거든. 처음부터 정해진 관찰 대상이었지. 게다가 가족과의 관계가 아주 좋은 편도 아니었고……."

"형과의 관계를 말하는 거라면 그건……."

"아니, 그게 아니라 너희 부모님은 너랑 형한테 관심을 쏟을 만한 여력이 없으시잖아."

"아……."

생각해 보니 그랬다. 영준이 죽었을 때에도 부모님은 병원에 얼굴 을 비춘 적이 없었다. 젊은 사람의 소생 수술은 맹장 수술보다 약간 어려운 정도로 인식되었지만 그래도 한 번쯤은 자식을 보러 왔어야 했다. 영준은 그 생각을 하자 부모님에게 서운했다.

"내가 널 주시하기 시작한 것은 네가 신라고등학교에 입학하고 1학 년 1학기가 거의 끝나갈 무렵부터였어. 네 행동이 눈에 띄게 나빠졌 거든."

그 당시 민은 영준의 상태가 심각하다고 생각했다. 영준을 이대로 두면 망가질지도 모른다고 생각해 상부에 그 사실을 보고했다.

"상부에서는 내 재량으로 널 바로잡으라고 했어. 그래서 어떻게 할까 궁리를 했는데……."

민이 쇼크 요법을 쓰게 된 것은 교육 기관에서 배운 많은 방법들 중에서 효과가 가장 뛰어났기 때문이었다.

"좀 부드러운 방법을 썼어도 좋았을 텐데……. 왜 하필 쇼크 요법이었어?"

민은 영준을 보며 웃었다. 왠지 누군가에게 정곡을 찔린 듯한 쓴웃음이었다.

"나도 너랑 같았어."

"응?"

"우리 집안도 고구려에서는 꽤 잘나가는 편이거든. 나도 감시를 받았었고……."

민은 이제 감시라는 말을 빼는 것을 포기한 듯했다.

"상황도 너랑 비슷했지. 그 당시에 날 맡은 감시자는 상당한 실력자였는데 날 고치려고 쇼크 요법을 썼어. 나도 그렇게 잘 해내고 싶었는데 역시 감시자 초년생인 내가 베테랑 흉내를 내는 건 아니었나 봐."

민에게 영준의 죽음은 뼈아픈 실수였다.

"네가 그렇게 죽고 나서 정말 많이 힘들었어. 하지만 가장 힘들었던 건 너였을 거야. 본의는 아니었지만 미안해."

영준은 대답하지 않았다. 아직 민에게 물어볼 것이 한 가지 더 남아 있었다.

"난 소생한 후에도 위협을 받았어. 지소에게 다시 날 위협하라고 시켰지? 왜 그랬어? 왜 모든 것을 잊어버린 날 위협한 거야?"

"모든 것을 잊었기 때문이야. 네 죽음으로 모든 게 끝난 것은 아니니까. 그래서 종지부를 찍을 필요가 있었어."

"종지부?"

"네가 죽으면서 모든 것이 어정쩡하게 끝나 버렸어. 그래서 난 네 행동이나 사고가 어떻게 바뀌었는지 알 수가 없었어. 그래도, 만약 네가 이전의 네 자신에 대해 그리고 살해 위협에 대해 아무것도 모른 채 살아갈 수 있다면 그냥 내버려 두었을 거야. 그런데 넌 네 일기장을 봐 버렸어. 그리고 식당에서 하인이 쓰러진 걸 보고 깜짝 놀라서 저택을 뛰어나왔지. 그 순간, 넌 네가 살해 위협을 당하고 있다고 단단히 믿어 버린 거야."

"그럼 미선 누나가 쓰러진 건……."

"그 누나가 네 샌드위치를 먹고 쓰러진 건 맞아. 하지만 독은 아니야. 그 누나는 중증의 견과류 알레르기가 있었어. 샌드위치에 땅콩버터가 발라져 있던 걸 모르고 먹어서 생긴 일이었지. 그 직후에 나랑 만났지? 난 그때 네 상태가 얼마나 불안한지 알았어. 그대로 내버려 두었다면 넌 있지도 않은 살해 위협에 짓눌리다가 또 다시 망가지고 말겠지. 네가 주변의 일들을 조금씩 알게 되면 그 오해는 더 커졌을 거고."

212

“하…….”

영준은 한숨을 내쉬었다. 민의 말이 사실이라는 것은 알고 있었다. 하지만 그렇기에 더더욱 어이가 없었다.

“그럼 뭐야? 난 있지도 않은 살해 위협에 혼자 겁먹었던 거야?”

억울하기도 하고 어처구니도 없었지만 어디 가서 하소연할 수도 없었다. 왠지 부끄러운 기분이 들어서 영준은 그 자리에 웅크리고 무릎 사이에 고개를 파묻었다.

민이 어깨를 두드렸다.

“그래도 얻은 게 있잖아?”

“약수터 길에서 나랑 부딪쳤을 때, 네가 한 말 기억나?”

영준은 고개를 들고 민을 바라보았다. 달빛을 받은 민의 얼굴이 한층 밝아 보였다.

“너, 자신이 누군지 모르겠다고 그랬었지? 이젠 네가 어떤 사람인지 조금은 알고 있지 않아?”

영준은 잠시 고개를 숙였다. 그러고는 세차게 고개를 흔들었다.

“여전히 모르겠어.”

그러나 영준은 민에게 미소를 지었다.

영준은 자리를 털고 일어섰다.

“이제부터 계속 알아갈 거야. 자신에 대해서.”

평범한 일상

삑!

교통카드를 인식하는 기계에서 경쾌한 소리가 울렸다. 영준은 교통카드를 앞주머니에 넣으며 버스 안쪽으로 들어갔다.

"영준아! 같이 가!"

뒤늦게 버스에 올라탄 무형이 허둥지둥 교통카드를 찍고 영준의 어깨에 팔을 둘렀다.

"야, 뭐가 바쁘다고 먼저 가 버리냐? 오늘 햄버거 콜?"

"됐어. 떡볶이면 몰라도……"

"입맛 한 번 서민이네. 그래, 떡볶이 먹으러 가자!"

"그럴까?"

영준과 무형은 비어 있는 자리에 나란히 앉았다.

"쟤, 김영준 아니야?"

"진짜? 허무형이랑 함께 있는데?"

뒷좌석에서 한 무리의 아이들이 수군거렸다.

'학교에 다니기 시작한 지도 벌써 반년이 지났는데……'

영준은 속으로 쓴웃음을 지었다. 아직도 영준에 관한 나쁜 소문은 완전히 사라지지 않았다.

"신경 쓰지 마."

무형도 들었는지 영준의 어깨를 토닥였다.

"안 써. 내가 잘못했던 게 사실인걸? 이제부터 조금씩 갚아 나가야지."

"너 진짜 많이 변했다."

"그래? 난 별로 변한 게 없는 것 같은데……."

주위에서는 영준이 바뀐 것을 보고 깜짝 놀랐다. 학교는 물론, 저택에서도 한동안 그 일로 시끄러웠다. 몇몇은 영준의 본성이 언제 다시 나타날지를 두고 내기를 벌이기도 했다. 윤집사만이 '저게 작은 도련님의 본래 성격이셨지…….'라고 중얼거렸을 뿐이었다. 하지만 아무도 윤집사의 말을 듣지 못했다.

영준은 지소로부터 온 메시지를 확인했다.

오늘 영실 오빠 퇴원일인 거 알지? 늦지 않게 와.

"이런, 오늘은 안 되겠다."

"너희 형 퇴원해? 이젠 괜찮대?"

"검사 결과를 봐야 알겠지만 괜찮을 것 같아. 다 나을 때까진 아직 시간이 많이 걸린다고는 해."

영준은 영실과 아직 해결해야 할 일이 있었다.

다름 아닌, 자신이 영실을 밀지 않았다는 이야기를 오늘 할 참이었다. 지소가 먼저 영실에게 그 사실을 전했다고 하지만 그래도 직접 말하고 사죄해야만 한다고 줄곧 생각했다. 그리고 자신이 새롭게 발견한 재미있는 일들에 대해서도 말할 참이었다.

한 달 전, 영준은 처음으로 부모님을 만났다. 그리고 그 자리에서 가문을 잇지 않겠다고 선언했다. 영실은 자신 때문에 그럴 필요는 없다고 말했지만 영준은 그냥 빙그레 웃었다. 사실대로 말하자면 영실 때문에 가문을 잇는 것을 포기한 것이 아니었다. 그저 좀 더 많은 일들을 보고, 느끼고, 경험하고 싶었다. 그런 다음에 그중에서 평생을 바쳐도 괜찮다고 생각할 만큼 재미있는 일에 전념할 생각이었다.

"어디서 읽었는데 자신이 좋아하는 일을 하는 사람이 잘될 가능성이 높대. 그래서 나도 그러려고."

영준은 미안해하는 영실에게 그렇게 말했다.

버스가 병원 부근의 사거리로 접어들자 영준은 무형의 어깨를 툭툭 쳤다.

"미안하지만 난 여기서 내릴게. 떡볶이는 내일! 네가 사는 거지?"

"야, 돈 있는 놈이 내야지! 형한테 안부 전해 줘."

"응."

영준은 버스에서 내리자마자 병원 앞 카페에서 커피를 한 잔 샀다. 입원해 있는 동안 커피를 못 마셨을 형에게 줄 선물이었다. 영준은 플라스틱 뚜껑이 달린 컵을 든 채 횡단보도 앞에 서서 신호를 기다렸다. 맞은편에서 낯익은 모습이 보였다. 영준과 똑같은 교복을 입고 목검이 든 기다란 가방을 등에 멘 더벅머리가 웃고 있었다.

영준은 정말 오랜만에 민을 보았다. 그 일이 끝난 후, 민은 영준과 거리를 두었다. 처음에 영준은 많이 서운했지만 감시자인 민의 입장을 생각해 보면 오히려 그것이 영준에 대한 배려일지도 모른다고 생각했다.

영준은 반가운 마음에 큰 소리로 민을 부르려다가 그만두었다. 민의 옆에는 역시 똑같은 교복을 입은 아이가 함께 있었다.

'한창 일하는 중이구나.'

방해하지 말아야지 하고 영준이 손을 내렸을 때였다. 민이 영준에게 살짝 고개를 끄덕였다. 거리가 있었기 때문에 민이 영준을 알아보고 인사한 것인지 확신힐 수 없었지만 영준은 그것이 민이 보내는 인사라고 생각하기로 했다.

파란색으로 신호가 바뀌자 영준은 미소를 지으며 씩씩하게 횡단보도를 건넜다.

삶은 나를 찾아가는 여행

'나는 누구일까?'

학창 시절, 문득 이 질문이 머리에 떠올랐습니다. 아마도 처음으로 '자아'라는 것이 제게 싹텄던 순간이었을 겁니다. 동시에 다른 사람들도 나와 같은 생각과 의문을 가지고 있는지 무척이나 궁금했던 기억이 납니다.

누구나 중·고등학생 때, 빠르면 초등학생 때 이 질문을 자신에게 던집니다. 하지만 그 해답에 대해서는…… 글쎄요, 분명하게 해답을 알아냈다고 말하는 사람을 지금껏 본 적이 없습니다.

어느 대학교의 철학과 교수님이 저 질문을 시험 문제로 냈다고 합니다. 학생들 모두 끙끙거리며 온갖 철학 지식을 동원해 한 쪽이 넘는 답안을 작성하고 있을 때, 단 한 학생만이 고민 없이 답안을 쓰고 가장 먼저 답안지를 제출했습니다.

그 학생의 답안지에 적힌 것은 단 한 줄이었습니다.

'나는 나다.'

이 한 줄뿐이었지만 그 학생의 답안은 최고점을 받았습니다. 그렇다고 이 대답이 '나'의 존재를 속 시원하게 밝혀 주는 대답은 아닙니다. 하지만 이외에 다른 대답은 없을지도 모릅니다. '나'를 아는 것은 나 자신뿐이고, '나'라는 존재가 누구인지 규정할 수 있는 것도 나 자신뿐일 테니까요.

이 에피소드를 들었을 때, 우리는 어쩌면 학창 시절에 스스로에게 던졌던 질문에 대한 답을 찾기 위해 남은 생을 살아가고 있는 것일지도 모른다고 생각했습니다. 그리고 그 해답을 찾는 방법은 사람마다 다를 것이고, 어렵게 찾은 자기 자신이 생각했던 것과 전혀 다를 수도 있겠지요.

《누가 나를 죽였을까?》는 그런 생각에서 시작된 이야기입니다. 물론 주인공 영준처럼 극적인 경험을 하는 사람은 많지 않을 거예요. 하지만 이것은 우리 모두의 이야기입니다.

이 이야기를 읽고 여러분이 품었던 의문을, 그리고 그 해답을 찾는 과정을 다시 한 번 되새겨 준다면 감사하겠습니다.

좋은 여행이 되길 바라겠습니다.

2016년 3월 방진하

주니어김영사 청소년 문학 08
누가 나를 죽였을까?

1판 1쇄 인쇄 | 2016. 3. 10.
1판 1쇄 발행 | 2016. 3. 16.

방진하 지음

발행처 김영사 | 발행인 김강유
편집 김효성 | 디자인 윤소라
등록번호 제 406-2003-036호 | 등록일자 1979. 5. 17.
주소 경기도 파주시 문발로 197 (우10881)
전화 마케팅부 031-955-3100 | 편집부 031-955-3113~20 | 팩스 031-955-3111

ⓒ 2016 방진하
값은 표지에 있습니다.
ISBN 978-89-349-7393-5 43810

좋은 독자가 좋은 책을 만듭니다. 김영사는 독자 여러분의 의견에 항상 귀 기울이고 있습니다.
독자의견전화 031-955-3139 | 전자우편 book@gimmyoung.com
홈페이지 www.gimmyoungjr.com | 어린이들의 책놀이터 cafe.naver.com/gimmyoungjr

---

이 도서의 국립중앙도서관 출판시도서목록(CIP)은 서지정보유통지원시스템
홈페이지(http://seoji.nl.go.kr)와 국가자료공동목록시스템(http://www.nl.go.kr/kolisnet)에서
이용하실 수 있습니다. (CIP제어번호 : CIP2016006267)